JN091404

シンデレラ城の殺人

紺野天龍

小学館

何故そのような
発言をなさったのか……
証言していただくために、
わたしは、様の
証人尋問を
要請いたします！

シンデレラ城の殺人

目次　Contents

イルシオン王国関係者

ウォルター　イルシオン王国の国王。
グレース　イルシオン王国の王妃。
オリバー　イルシオン王国の第一王子。
ケヴィン　イルシオン王国の第二王子。
グレアム　国務大臣。
サイラス　法務大臣。
マシュー　兵士。
ローリー　使用人。
ルーナ　王宮魔法使い。
クロノア　裁定官。

❀ トンプソン家の人々

キャサリン　継母。
ジョハンナ　義理の姉。長女。
ライラ　義理の姉。次女。
シンデレラ　わたし。

❀ その他

アムリス　謎の魔法使い。
モルガナ　先代の王宮魔法使い。

むかし　あるところに、それは　それは　うつくしくて　こころの　やさしい　むすめが　いました。

むすめの　母おやは　なくなってしまったので、父おやは　あたらしい　母おやを　むかえました。

この　母おやは　とても　いじわるでした。そして、つれてきた　ふたりの　むすめも　おなじように　いじわるだったのです。

あたらしい　母おやと　あねたちは　じぶんたちばかり　きかざって、むすめには　ぼろぼろの　ふくを　きせました。そのうえ、あさから　ばんまで　はたらかせるので、むすめは　はいだらけでした。そのため、「はいかぶり」という　いみで、シンデレラと　よばれました。

それでも　うつくしい　シンデレラを　ねたんで、母おやと　あねたちは　まいにち　シンデレラを　いじめました。

『はじめての世界名作えほん13　シンデレラ』
著・中脇初枝　制作・亜細亜堂
ポプラ社　刊

第1章　シンデレラ、舞踏会へ行く

1

「シンデレラ！　シンデレラ！」

今日もトンプソン家にお姉様の甲高い声が響き渡ります。

わたしは洗濯物を干すのに忙しかったので、聞こえなかった振りをします。

空は抜けるような快晴。群青色の天蓋に棚引く綿菓子のような雲は、ほのかに夏の訪れを予感させます。今日も洗濯物がよく乾きそうで、自然と胸が弾んできます。

今このおうちは四人家族なので、洗濯物もなかなかの量です。腕まくりをして気合いを入れ、作業を続けます。

「ちょっとシンデレラ！　呼んでいるのだからさっさと返事をなさい！」

すぐ背後から声が聞こえました。さすがにこの状況で無視をするわけにもいかず振り返ると、そこにはライラお姉様が肩を怒らせて立っていました。

「あら、お姉様。ごきげんよう。わたしをお呼びだったのですね。気づかなくて申し訳ありません」

「聞こえないわけないでしょう！　何回呼んだと思ってるの！」

「二回くらいですね」

「ばっちり聞こえてんじゃないの！」

ライラお姉様は目を見開いてがなります。誘導尋問でしたか……失言です。

「それで何のご用でしょう？　わたしこう見えて今は忙しいのですが」

「あんたの都合なんか聞いてないのよ！」不機嫌そうに眉を吊り上げます。「朝食の支度がまるでできていないじゃないの！　ジョハンナお姉様が暴れて手が付けられないわ！　何とかなさい！」

ジョハンナお姉様、というのはライラお姉様のお姉様、つまり大姉様です。体重が百二十キロを超える豊満なお身体を持ち、常に食物を摂取しているゾウのようなお方です。お二人ともわたしとは血の繋がりのない、所謂義理の姉なのですが、今ではどちらもとても大切なお姉様たちです。

「ライラお姉様」

「なによ」

「朝食は昨日召し上がりましたよ」

「いや、毎日食べたいわ！」

「しかしお姉様。『毎日朝食を食べる』というのは些か狭量な考えではないでしょうか」

「は？　何を急に――」

「食事とは元来、エネルギィ摂取を目的として行われます。それは当然、生きるために必要な行為でもあります。しかし、文明の進歩とともにいつしか人はその本質を見失い、惰性で食事をしているのではないでしょうか。本来食事とは空腹を合図に行うもの。それを時間的な都合によって行うというのは如何(いかが)なものでしょう。このあたりでお姉様も、我々人類が見失ってしまったあるべき姿を取り戻してみるべきではないでしょうか」

お姉様は難しい顔で一瞬黙り込みましたが、すぐに答えます。

「いや、今最高に空腹のタイミングだわ！　あんたの屁理屈(へりくつ)はもう聞き飽きたのよ！　さっさと食事の用意をなさい！」

「ちなみにわたしはもう食べ終わっています」

「なんで一人だけ先に食べたの⁉　一緒に食べましょうよ！　家族でしょう！」

「では、仕方がないので食事の用意をいたしましょう。お姉様、お洗濯の続きをお願いします」

洗濯物をライラお姉様に押しつけ、何か不平を述べている声をすべて聞き流しつつ、わたしはキッチンへ向かいます。するとその途中でキャサリンお母様と遭遇しました。

「あ、おはようございます、お母様」

「朝から騒がしいのですね」お母様は不愉快そうに眉を顰(ひそ)めます。「もっと品のある行動を心掛けなさい」

「今この家で誰よりも騒がしいのは、あなたのご息女ジョハンナお姉様です」

率直な意見を述べるとお母様は何故(なぜ)か額に青筋を浮かべました。しかしすぐにクールダウンするようため息を吐くと、棚の上を人差し指でスーッと撫でて口元を歪めます。

「まあ、汚らしい。あなたは掃除もまともにできないのですか？」

「いえ、そんなことはありません。ちゃんと先週しました」

「……何故、毎日しないのですか」

「埃が溜まってから掃除をしたほうが気持ちいいかなと思いまして」

　お母様は苦虫を口いっぱいに詰め込んで咀嚼したような顔をします。

「あなたの個人的な好みは聞いていません。つべこべ言わず毎日なさい」

「しかし、昨今の人々は少々綺麗好きが過ぎると思うのです。元来人類は、屋外の劣悪な環境の中で生活してきました。野ざらしの森の奥で、虫や動物たちとともに逞しく暮らしていたのです。しかし屋根のある生活を始め、衛生観念が生まれたときから人は強さを失ってしまいました。なればこそ、かつての強さを取り戻すために、お母様やお姉様方のことを強く想い、わたしはあえて心を鬼にして掃除の頻度を下げているのです」

「……トンプソン家は決して野生の強さなど求めていません。屁理屈ばかり言ってないで掃除は毎日なさい」

「前向きに善処します」

　それ絶対やらないつもりですよね、というお母様のありがたいお言葉を右から左へ聞き流し、わたしはようやくキッチンへ辿り着きました。

　キッチンでは、話に聞いていたとおりジョハンナお姉様が暴れていました。理性を失っている分、手が掛かりそうです。

「大姉様。どうどう、どうどう」

「誰が鯨飲馬食よ！」

「まだそこまでは言ってません」

大姉様、少し被害妄想が過ぎます。でも、お話はできそうで助かりました。

「大姉様、落ち着いてください。人間は大昔から飢餓の生活に耐えてきたのです。一食くらい抜かしたところで死にはしません」

「あたしは死ぬのよ！」

「つまり論理的に言えば、大姉様はいよいよ人間ではないと」

「あんた朝からケンカ売ってんの⁉」

怒りにまかせて大姉様は拳を振るってきます。軽いスウェーバックで躱すと、大姉様は勢い余ってバランスを崩しました。そこへ――。

「ちょっとシンデレラ！　あんた姉である私になに雑用なんて押しつけて――ぎゃー！」

大人しく洗濯物を干していれば良かったものを、文句を言うためにわたしを追ってきたライラお姉様は、不幸にもジョハンナお姉様の巨体に押しつぶされてしまいました。

その光景を微笑ましく思いながら、わたしは早速朝食の支度に取り掛かります。

今日も賑やかで楽しい、トンプソン家の一日が始まるのです――。

2

「舞踏会、ですか？」

本日二度目の朝食を頂きながら、わたしは尋ねました。

お母様は、そうです、と上品に紅茶を傾けながら答えます。

「今夜は王子オリバー様の生誕パーティがお城で行われるのです。生誕パーティは王子様の結婚相手を探す舞踏会も兼ねています。選ばれし国中の乙女たちが集う、極めて重要なイベントです」

オリバー王子と言えば、このイルシオン王国の第一王位継承者にして絶世の美男子としても有名な、国中の女性が憧れるお方です。

「妙ですね……わたしにはお声が掛かっていませんが」

首を傾げていると、ライラお姉様が意地悪そうに笑いました。

「あんたに声なんて掛かるはずないでしょう。ウチからは、私とジョハンナお姉様だけよ。よしんば何かの間違いであんたにも声が掛かったとして、着ていくドレスなんて持ってないでしょう」

「お姉様、ボロを着てても心は錦です」

「意味わかんないわよ！」

「とにかく」お母様はライラお姉様を窘めるように話題を戻します。「今夜はトンプソン家の将来を左右する大切な日なのです。もしもライラかジョハンナがお妃に選ばれたら、悲願のトンプソン家再興が叶うのですから」

わずかに視線を遠くへ向けてお母様は呟くように言いました。

トンプソン家は、元々この辺り一帯を取り仕切る大貴族だったそうです。キャサリンお母様は先代当主のご主人に嫁ぎ、ともにトンプソン家を盛り上げていました。ジョハンナお姉様とライラお姉様もその頃に生まれました。

しかし、十年ほどまえご主人は病に倒れ、そのまま亡くなりました。お母様は一人で懸命にトンプソン家を守りましたが、土地は周囲の心ない貴族たちによって食い散らかされ、結局この家だけが残ったのだそうです。

先代から受け継いだほとんどのものを奪われ、五年ほど絶望の日々を過ごしたところで――キャサリンお母様はわたしのお父様と出会いました。

わたしはお父様とずっと二人で暮らしてきました。本当のお母様は、わたしを産んで間もなく亡くなったと聞いています。キャサリンお母様とお父様は互いに惹かれあい、ついには結婚しました。婿入りというやつです。

わたしは初めてお母様とお姉様ができてとても嬉しかったのですが……結婚後間もなく、今度はお父様が仕事中の事故で帰らぬ人となってしまいました。

以来わたしは、このトンプソン家で義理のお母様やお姉様たちと四人で暮らしている次第です。お母様はとても野心家で、いつだってトンプソン家の再興を考えていました。その機会がいよいよこうして巡ってきたのです。家族の一員としてわたしも応援しなければなりません。

「お母様、望みは決して薄くないと思います。ライラお姉様は性格に難はありますがお母様に似て外見はなかなかのものですし、ジョハンナお姉様は熊のように強いです。きっとお姉様方のどちらかは、王子様のお心に留まることと思います」

「性格に難があるのはむしろあんたでしょう！　私はわりと常識人よ！」

　ライラお姉様が何かわめいていています。お母様は複雑そうな顔でため息を吐きました。

「……まあ、機会に臨(のぞ)めるだけありがたいことです」

「お母様どうしてすでに諦めモードなのです⁉　私とジョハンナお姉様で必ず王子様を射止めて見せますから！　ね、お姉様！」

「舞踏会のご馳走(ちそう)は誰にも渡さない」

「お姉様すでに目的を見失ってますわ！」

　ライラお姉様は今日も元気です。お母様は再びため息を吐きました。

「……とにかく二人だけでは不安なので、私も保護者としてついていきます。ですので、シンデレラ。留守番は任せましたよ」

「え、わたし一人だけ留守番なのですか？」

「当たり前でしょう！」ライラお姉様は勝ち誇りました。「私たちは綺麗に着飾ってお城へ行って美味(おい)しいものをたくさん食べて王子様に見初められるの。あんたは留守番して冷たいパンでも齧(かじ)ってなさい。どう？　羨ましいでしょう？」

「お姉様たちばかりずるーい。わたしも舞踏会へ行きたいでーす」

「ビックリするほどの笑顔で何言ってんの⁉　留守中に何やらかすつもりなのよ！」

おっと、顔に出ていましたか。ライラお姉様は意外と鋭いので注意が必要です。一人で留守番する機会なんて、なかなかありませんからね。久々にのんびり羽を伸ばそうと考えていたのですが……。

「では、ちょうど良いです。シンデレラ、留守中に家中のお掃除をなさい」

お母様は鋭い視線でこちらを睨(にら)みました。わたしは真っ直(ます)ぐに見返して答えます。

「前向きに善処します」

「あんた絶対やらない前提で返事するの、ほんとやめなさいよ！」

「ライラお姉様」

「なによ」

「お話に集中しすぎて、お皿への注意が疎(おろそ)かになっています」

「皿って何を――あれ⁉　私の目玉焼きは⁉」

「たった今、ジョハンナお姉様が凄(すさ)まじい肺活量で吸引しました」

「せめて人類に可能なことをしてよ、お姉様！」

「食事は戦い」したり顔でジョハンナお姉様は笑いました。

慟哭(どうこく)するライラお姉様。そして、そんなわたしたちをどこか遠い目で眺めながらお母様は呟きました。

「……トンプソン家はもう終わりかもしれませんね」

3

間もなく午後四時に差し掛かろうというところで、お母様たちのお出かけ準備は整いました。三人ともとっておきのドレスに身を包み、お化粧もバッチリ決まっています。

「ライラお姉様、とても素敵ですよ」

「そ、そう？　ふんっ、でもあんたに褒められても全然嬉しくないんだからね！」

「馬子にも衣装とはよくいったものです」

「あれぇ⁉　ちっとも褒められてなかった⁉」

「さすがに冗談です。本当にとてもお綺麗ですよ、お姉様」

そう、それは嘘偽りない事実で、ライラお姉様の美しさは群を抜いていました。

初夏の空のような、コバルトブルーの細身のドレスは、さながらマーメイドのような得も言われぬ愛らしさと色気を醸し出しており、スタイルの良いライラお姉様にとてもよく似合っていました。大胆に晒された鎖骨のラインがとてもセクシィで、ウェーブの掛かった長い亜麻色の髪が右へ左へとゆらゆら揺れる様は、まるで獲物を誘う疑似餌のようにも見えます。今のライラお姉様を見て心を動かされない男なんて、きっとこの国には一人もいないでしょう。

「あ……ありがとう……」お姉様は恥ずかしそうに赤面して俯きました。とても可愛い。

ちなみに隣のジョハンナお姉様も十分着飾ってはいるのですが、二サイズほど小さなドレスにその巨体を無理矢理押し込めている影響で、贈呈用のハムみたいになってしまっています。肉感的で大変美味しそうではあるので、これはこれでアリなのかもしれません。

「あまり無駄話をしている時間はありませんよ」

お母様は手を叩きました。どうやら迎えの馬車が来たようです。

「それでは、シンデレラ。留守を頼みます。くれぐれも無茶だけはしないように。トンプソン家に残されたものは、もうこの家だけなのですから」

「お母様。トンプソン家の再興の道は今夜から始まるのですよ」

サムズアップでお母様を勇気づけてみますが、何故かますます不安そうにお母様はため息を吐くばかりでした。

そのまま三人は、馬車に乗り込んでお城へ向かいました。しっかりとその影が見えなくなってから——わたしは大きく伸びをします。

「——さて、全力で休みますか」

気合いを入れてたまの休みを満喫することにします。

ジョハンナお姉様がこっそり隠して大事に食べている保存用の塩漬け肉を少々拝借して、お野菜と一緒に焼きたてのパンに挟んで食べます。美味しい。

食後はライラお姉様が愛用しているティーカップで紅茶をいただきながら、ランプの明かりを最大にして本を読みます。普段は燃料油を制限しているので明るさが心許なく字も読みづらいのですが、今日は何も気になりません。実に快適です。留守番最高。

——と、珍しく一人の時間を謳歌していたところで、不意にドアノッカーが、コンコンと控えめに叩かれました。このノックの感じからして家族ではないでしょう。わたしは居留守を決め込むことにします。時刻は午後五時を過ぎたところ。こんな時間に人様の家へ訪ねてくるような輩はろくなものではありません。

気にしないことにして活字の海に溺れることにしますが、ノックは止むことなく継続的に五分ほど続きました。さすがに鬱陶しいです。

仕方なく重たい腰を上げて、ドアへ向かいます。

ドアの内側には、錆び付いた蹄鉄のお守りが掛けられています。お父様とキャサリンお母様が結婚された際に、どこかの偉い方からいただいたものなのだとか。蹄鉄には魔除けの効果があるらしいのですが、すっかり錆び付いてしまった今の状態でもちゃんと役目を果たすのでしょうか。どれだけ御利益があろうとも、やはり鉄製品は錆び付いてしまう運命にあるのですね……。

そんなことを思いながら、閂は閉めたままドアの外に立つ誰かに声を掛けます。

「どなたでしょうか」

すると誰かさんは、安堵したようにノックを止め、老齢を思わせる嗄れ声で答えました。

「――私は偉大なる魔法使いアムリス。シンデレラ、迎えに来たよ」

「間に合ってます」

頭がおかしい人のようだったので応対を諦めました。どうやら魔除けの効果は切れているようです。しかし、自称魔法使いは諦めがつかない様子でした。

「……せめて話だけでも聞いてはもらえないだろうか。さすれば何でも望みを叶えよう」

「わたしの望みは今すぐあなたにお引き取りいただくことです」

「とりつく島もないではないか……！」

気落ちしたように自称魔法使いは呟きました。これだけ言われれば諦めて帰るでしょう。わたしはリビングへ戻ろうと踵を返しますが、背中からは今にも泣き出しそうな声が聞こえてきます。

「頼む……せめて話だけでも……国の一大事なのだ……最近の若者は老人に冷たい……」

「…………」

さすがに良心が痛んできました。ご老人は大切になさい、というお父様の言葉が脳裏を過ります。仕方なくわたしは一度リビングのほうへ戻り準備を整えてから、門を外しました。

ドアの向こうには、頭から黒いローブをすっぽりと被った小柄な老人が立っていました。怪しげな杖を携え、如何にも魔法使い然とした格好です。ドアを開けた瞬間、自称魔法使いはとても嬉しそうに表情を輝かせましたが、わたしの様子を見てすぐに顔を引きつらせました。

「……何故そんな鋭利なナイフを腰だめに構えているのだ？」

「変質者を撃退するためです」

「私は変質者ではないので下ろしてもらえないだろうか」

「それはこれから判断します。まずは用件を」

警戒を怠らないわたしに折れたのか、自称魔法使いは渋い顔をしながら答えました。

「――私は偉大なる魔法使いアムリスだ。シンデレラ、そなたの望みを叶えに来た」

「だからわたしの望みは今すぐあなたにお引き取りいただくことなのですが」

「なるほど。シンデレラ、そなたは城の舞踏会に参加したいのだな」

「一言も言ってません」

「しかし着ていくドレスや、向かう手段がなくて諦めていると」

「だから言ってませんって。というかそもそも何故わたしの名前を知っているのですか」

「そこでこの偉大なる魔法使いが、そなたの望みを叶えに来たというわけだ」

「話を聞かないタイプの変質者ですね……」

そういう手合は言いくるめられないので苦手です。

「先ほどから魔法魔法とおっしゃっていますが、そもそも魔法なんてあるわけないじゃないですか」

昨今は魔法と呼ばれるこの世ならざる奇術を用いて人々を翻弄(ほんろう)する不逞(ふてい)の輩が増えてきて、お城には王宮魔法使いなどという大層な役職まであると聞きますが、正直わたしは魔法の存在に懐疑的です。実際にこの目で見たことがない上に、聞き及ぶ話も何とも胡散臭(うさんくさ)くて信憑性(しんぴょうせい)に欠けます。大体魔法なんて不確かな力に頼らなくとも、人間は努力で大抵のことが可能で――。

そんなことを考えていた次の瞬間、突然わたしの身体が眩(まぶ)しく光り輝きました。あまりの眩しさに思わず目を閉じてしまいます。しかし、目の前に変質者がいることを思い出し、すぐにわたしは瞼(まぶた)を開きました。幸いわたしが目を瞑(つぶ)った瞬間に、自称魔法使いが襲い掛かってくるようなことはなかったようです。ではいったい何が起こったのかと何気なく自分の身体を見下ろして――言葉を失いました。

わたしは長年着古したお気に入りの傷んだ一張羅を着ていたはず。

しかし、それがいつの間にか深紅の豪奢なドレスに変わっていたのです。

わたしの、お気に入りの、お父様からプレゼントされた大切な一張羅が。

気がつくとわたしは構えていたナイフを捨てて、自称魔法使いを締め上げていました。

「な……何をそんなに怒っておるのだ……？」

「魔法使いでも何でも構いませんが、わたしの服を戻してください、今すぐに」

「お、落ち着け……それは〈幻術〉だ……」

「幻術？」

聞き慣れない言葉に、わたしは締め上げる手を緩めます。自称魔法使いは、苦しそうに数回咳払いをして答えました。

「……そうだ。魔法とはすなわち〈幻術〉――偽りの現実を顕現させる術だ。だが、当然偽りの現実が長くこの世界に留まれる道理はない。いずれ必ず破綻を来して元の姿へと戻る。そなたのドレスの場合、今夜零時ぴったりに魔法が解けるようになっておる」

「つまり、わたしの服は元に戻るのですね。それならば良いのです」

安堵してようやく自称魔法使いの首元から手を放します。大切な一張羅が二度と戻らなかったらこの老人を縊り殺しているところでした。しかし、どうやらこのご老体は自称ではなく本当に魔法とやらが使えるようです。にわかには信じがたいですが。

「どうやら、ようやく私の偉大さに気づいたようだな」

「というか、あなた先ほどから勝手に話を進めていますけど何が目的なのです？　わたし、別に舞踏会なんて興味ありませんけど」

「そこをなんとか」

「そこをなんとかって……」

そんな雑なお願い、聞いたことありませんよ。やはりこの老人とはこれ以上関わらないほうが良さそうです。わたしは心を鬼にして――。

「大切な姉君が王子に見初められても、本当に良いのか？」

「……なんですって？」

意味深な笑みを浮かべながらこちらを見やり、老人――アムリス氏は続けます。

「そなたの姉君はとても見目麗しい。このままでは、あるいは本当に王子に見初められてしまうかもしれんぞ？」

「――大変結構なことだと思います。お姉様もお母様もお喜びになることでしょう。家族の幸せが、わたしの幸せです」

「本当にか？　王宮の暮らしは姉君にとって真の幸せであると本当に言い切れるのか？　王子は何やら特殊な性癖を持っているという噂もあることだし……そなた、本当にそれで良いのか？」

じっと。試すような視線でアムリス氏はこちらを見上げてきます。小柄な老人で、お世辞にも清潔とは言えない格好をしていますが、その瞳は驚くほど綺麗に澄んでいました。

まるで吸い込まれそうなほど――。

「……わたしにどうしろと言うのですか」

　心情を見透かすような視線に根負けしました。アムリス氏は嬉しそうに笑います。

「なに、難しいことはない。そなたはただ舞踏会に参加するだけでいい。さすれば会場中の注目を集め、姉君への関心は薄まるだろう」

「そんな都合良くいきます……？」

「案ずるな。そなたは美しい」

「――――」

　そう言われると悪い気はしません。わたしは亡くなったお母様にとてもよく似ていると、お父様は言っていました。お母様は国一番の美女であったとも。わたしの容姿が褒められると、お父様はいつも嬉しそうにしていました。

　嬉しそうに笑っているお父様が大好きだったから、わたしは――。

「さて、時間も惜しい」

　アムリス氏は不意に手を叩いて、どこからともなく色々なものを取り出しました。手のひらサイズのカボチャと、小さな籠。籠の中にはネズミが一匹とトカゲが二匹入っていました。何でしょう、鍋でも始めるのでしょうか。

　怪訝に思いながら様子を窺っていると、アムリス氏は右手に携えていた杖を振るいます。

　すると杖の先から光の粒子が舞い散り、カボチャや籠が眩しく輝き始めました。

　眼を焼くほどの光量に、わたしはまた瞼を閉じます。やがて光が収まった頃合いを見計らい瞼を開けました。

すると、なんと言うことでしょう。いつの間にか目の前には、カボチャ型の立派な馬車と二頭の馬と御者が出現していました。さすがに驚いて言葉を失うわたしに、アムリス氏はまるでイタズラを自慢する子どものような無邪気さを見せます。

「ほっほ。ようやく私の偉大さに気づいたようだな。カボチャを馬車にするくらいなら、並の魔法使いでもできるやもしれんが、ネズミを人に変えられるのは世界広しといえどもこの偉大なる魔法使いアムリスだけである。しかもまっとうな人格を与えてあるので、本人ですら自分がネズミだとは気づいておらん」

魔法、すごい。

「ただし、これらの魔法もそなたのドレスと同様、今夜零時ぴったりに解けてしまう。頃合いを見計らって、なるべく早めに舞踏会から引き上げるようにな」

魔法自体はとてもすごいのですが、どうにも胡散臭いし、アムリス氏の目的も不明瞭だし、正直気乗りはまったくしません。

しかし――ライラお姉様のことが心配であることは事実です。よしんば王子様に見初められなかったとしても、どこぞのボンクラ貴族に目を付けられるかもしれません。様子を窺うためにも、やはりここは口車に乗るしかないでしょう。

「……舞踏会に参加して、適当にぶらぶらするだけで本当に良いんですか？」

「もちろん。それ以上は私も望まない。今よりさらに美しく着飾れば、そなたはきっと家族にさえ気づかれないだろう。肩肘を張らず、各地のご馳走を堪能するくらいのつもりで参加するが良い」

上手い具合に言いくるめられている気はしますが、おかげで参加の意思は固まりました。

アムリス氏がまた杖を振るいます。すると今度は光の粒子がわたしに降り注ぎました。輝きが収まったところで、アムリス氏はまたどこからともなく取り出した鏡をこちらに向けます。鏡の中のわたしは、綺麗に髪もセットされ、お化粧まで施されていました。随分と派手なお化粧で、これならばお姉様たちに見つかっても本当にバレなそうです。

何だか少しワクワクしてきました。逸る気持ちを抑えて馬車に乗り込もうとしますが、まあ待て、とアムリス氏に止められます。

「そなた、そのようなみすぼらしい……いや年季の入った……いや愛着溢れるとても大切にしている靴で行くつもりか？」

やたらと言葉を選んでいる様子から、どうもわたしの逆鱗がわからなくて手探っている感が滲み出ていましたが、靴は別に大丈夫です。ただの消耗品ですので。

アムリス氏は、またどこからともなく一足の靴を取り出しました。

それは思わず目を奪われるほど美しい、きらきらと輝くガラスの靴でした。

「この靴を履いていくと良い。きっとそなたの役に立つ」

「……何故これだけ現物支給？」

魔法ケチらないでくださいよ。

「無機物には魔法が効きにくくてな……。そなたのために、私が特別にあつらえた」

「なら、別にガラス製である必要もないのでは……？」

言っては何ですが、この靴死ぬほど歩きにくそうです。あとドレスに隠れてどうせ見えない気がします。

「見えないところのオシャレこそ大切なのだぞ。さらに一点ものなので世界にこれ一つしかないという優越感にも浸れる」

「オシャレ、ねえ……」

そう言われたらわたしも黙り込むしかありません。わたしは今どきのうら若き乙女、というわけではないので、もしかしたら一般的な感覚だとこのガラスの靴はとてもイケてるオシャレアイテムなのかもしれません。自分のセンスが一般人を逸脱していることを認めるのも癪だったので、大人しくアムリス氏の言うとおり靴を履き替えました。

驚くべきことにそのガラスの靴はぴったりとわたしの足にフィットしました。わたしのためにあつらえたというのはどうやら本当のようです。正直ちょっと気持ち悪い。歩きづらい、というほどではないですが、飛んだり跳ねたりのような激しい動きをしたらそのまま踏み砕いてしまいそうなので、必然的にお淑やかな挙動を要求されそうです。まあ、慣れたものですが。

「それではシンデレラ。良い夜を——」

アムリス氏は意味深な笑みを浮かべながら一礼します。見送られるようにわたしも馬車に乗り込みました。馬車の中はくり抜かれたカボチャそのままなのでは、と一瞬躊躇いましたが、何事もない普通の内装だったので少し拍子抜けしました。

やたらと柔らかいクッションに腰を下ろし、気を取り直します。

「それでは、御者さん。道中よろしくお願いします」

「――かしこまりました」

元ネズミの上品な紳士は、よく響くテノールで答えます。

カボチャの馬車は、ゆっくりと動き始めました。

4

初めて間近に見上げるお城は、まさに圧感の一言でした。

月光に照らされ、紺碧(こんぺき)の薄闇にぼんやりと浮かび上がる白亜の城は、この世のものとは思えない美しさで、国の象徴として悠然と佇(たたず)んでいます。おうちから馬車で小一時間ほど離れただけだというのに、何だか夢の世界に入り込んでしまったみたいです。

このお城は、確か最近、新しく建て直したと聞き及びます。本来お城には土地の名前が冠されるのが通例のところ、国民全員に愛されたいとの思いから、広く名前を募集しているようです。ゆえに名前はまだ決まっていません。

以前、日中に遠くから眺めたときも美しいお城だと感じましたが、夜はまた格別の趣(おもむき)があります。改めて場違いな所に来てしまったと、胡散臭い魔法使いの口車に乗せられたことを早くも後悔し始めます。

お城の周囲は高さ五メートルほどの城壁に囲まれており、正面には立派な門が見えます。現在門は開放されており、その先では複数の兵士が来訪者たちを厳重にチェックしている様子が窺えます。

冷静に考えると、わたしは明らかに招かれざる客なので城の中へは入れないのでは……？　と危惧しましたが、どういうわけかネズミの御者氏が招待状を持っていたため、何事もなくすんなりと城壁内へ招き入れられました。

警備がザルなのか、招待状の捏造が完璧だったのかは定かではありませんが、問題がないのであれば何よりです。

停車場に着いたようなので、わたしは御者氏の手を借りて大地へ降り立ちました。

御者氏に礼を述べてから、わたしはお城の案内係の方に手を引かれて場内へ進みます。

城内は外観からの期待を上回る豪奢さでした。床には深緋の絨毯が敷き詰められ、柱や手すりなど至るところに金箔をあしらった装飾が見受けられます。確か赤も金も、権力のシンボルです。やはりここは国の中心なのだな、ということを再認識させられます。

お城の中ではたくさんの使用人の方が忙しそうに歩き回っていました。お城の関係者と思しき方々は皆さま、柄に国章である双頭の鷲を象ったクリスタルのマン・ゴーシュ（左手用短剣）を携えていらっしゃいます。一目見てわかるようにという目印なのでしょうか。

物珍しげにキョロキョロしながら歩くわたしにも、案内係の方は嫌な顔一つせず心なしか歩調を緩めて付き合ってくれます。ここは優しい世界です。

そうして連れられた舞踏会場でもある大広間は――まさに別世界でした。

お部屋の装飾よりもさらに華美で煌びやかなお召しものに身を包んだ幅広い年代の男女が、あちこちで穏やかに歓談しています。まさに上流階級。ブルジョアジーの世界です。

しかし、その中でも一段と輝くように目を引く存在がありました。

広間の最奥で、訪れた女性たちとにこやかに談笑するとても見目麗しい男性――。金糸のような髪を柔らかく揺らしながら、エメラルドグリーンの瞳に柔らかい笑みを湛えた年若の美丈夫。おそらく彼のお方が、このイルシオン王国第一王子であらせられるオリバー様なのでしょう。

彼の周囲には、うら若き美女たちが集まり皆どこか恍惚とした表情をしています。何か特別なフェロモン的なものが出ているのかもしれません。わたしは関わり合いにならないよう視線を逸らし、お姉様たちを探すべく会場を見回します。

すると、王子様たちの一団とは対角に位置する広間の隅にまた別の人垣ができていることに気づきました。気になってそちらの様子を窺いに行きます。

「――もし、何かあったのですか？」

近くにいた紳士に声を掛けてみます。紳士はこちらに視線を向けると、優しく微笑みながら答えました。

「恰幅の良いご婦人が、ものすごい健啖振りを見せていてね。あまりにも気持ちの良い食べっぷりに、ギャラリィが集まっているのですよ」

何故か胸騒ぎがしました。

わたしは人垣の隙間を縫って、ようやく前方へと出ました。その先では――予想どおり、愛すべきジョハンナお姉様がテーブルに置かれたご馳走の数々をものすごい勢いで平らげていました。彼女が一皿を空けるたびにギャラリィからは、おおっ、というどよめきとまばらな拍手が湧き起こります。

……………舞踏会？

そこはかとない認識の齟齬（そご）を感じます。よく見るとジョハンナお姉様の背後にはキャサリンお母様が赤い顔をして倒れており、ライラお姉様がその介抱をしていました。

状況から判断するに、ジョハンナお姉様の常軌を逸した食べっぷりから、恥ずかしさのあまり現実逃避気味に飲めないお酒を呷（あお）って倒れたというところでしょうか。

気の毒に、と思いながら介抱の手伝いを申し出ようとしたところで――。

「やあ、賑やかだね」

不意に背中から馴（な）れ馴（な）れしく声を掛けられました。ナンパの類でしょうか。わたしは怪訝に思いながら振り返り――固まります。

「よくわからないけどみんな楽しんでくれているようで僕も嬉しいな。何よりあれだけ美味しそうに食べられたらシェフも大喜びだろう」

柔和な笑みを湛えながらそこに立っていたのは、他でもないこの国の第一王子であり今回の舞踏会の主役でもあるお方――オリバー王子その人でした。

「ああ、楽にしてくれていいよ。畏（かしこ）まられるのは苦手でね」

思わず跪（ひざまず）きそうになったわたしの気配を察したのか、王子様はやんわりと止めてくれました。しかし、そうは言われましてもこちらは王子様の胸三寸で跡形もなく消し飛ぶ十把（じっぱ）一絡（ひとから）げの平民です。畏まらないことなどできるはずもありません。

せめてもの敬意を示し、わたしは胸に手を当てて小さく頭を下げます。

「オリバー殿下。謹んで御誕生日のお祝いを申し上げます。王室の繁栄と、この国の平和が末永く続くことを心よりお祈りしております」

「――そうか、ありがとう」

どこか恐縮したようにそうお答えになり、王子様はわたしの顔を上げさせます。目の前に王子様の美しい玉顔がありました。わたしはまた固まってしまいます。

「きみが広間に入ってきた瞬間、僕はきみに目を奪われた。こんなことは初めてでとても驚いている。どうやらきみは――特別な人間のようだ」

ドキリと、胸が高鳴ります。

いいえ、王子様の甘い言葉にときめいたというわけではなく、単純に不法侵入諸々を見抜かれたのかと……。

わたしは真っ直ぐにこちらを見つめてくる視線に耐えきれず、そっと目を伏せます。

「その……大変光栄なお言葉、望外の喜びでございます。しかし、わたくしは貴族ではなく平民です。王子様のような高貴なお方がお声掛けなさる価値もございません。どうかわたくしのことはお気になさらず、他の方とご歓談いただけましたら幸いでございます」

「身分など気にする必要はないよ」王子様は穏やかに微笑みます。「きみは気遣いもできて、それに知性もあるようだ。そして何より――とても美しい」

「……っ」

不意に王子様が手を握ってきたものだから、驚きのあまり身体がビクリと跳ねます。

「お、王子様……その、お戯れが過ぎます……」

「戯れではないよ。僕は本気だ」

本気だと尚更困ります。

「他の女性よりも、少し手が大きくて硬いね。労働を知っている——美しい手だ」

「あ、あの、王子様……そのあたりにしていただけると……」

愛おしげに手をさすってくる王子様を窘めます。何故なら先ほどから周囲の女性たちが射殺さんばかりの視線をわたしに向けてきているからです。針のむしろです。あんなに殺意の波動を向けられてはこちらの身が持ちません。

しかし、生まれながらの王族であらせられる王子様には、そのような下等な民衆の妬み嫉みなどの機微はご理解いただけなかったようで、ますます情熱的にわたしの手を強く握ってきました。

「慎み深いね、うん、決めた。もし良かったら、僕とダンスを踊ってはもらえないだろうか。そもそも今夜は舞踏会だからね。誰も踊らないのでは、さすがに味気ないだろう?」

「…………」

判断に、迷います。はっきり言って面倒事はご免なので、お断りさせていただきたいところではあるのですが、断ったら断ったで周囲の女性たちの反感を買ってしまいそうです。第一、この舞踏会の主役である王子様からのダンスの要求を断るというのは、冷静に考えると意味不明が過ぎます。いったい何しに来てるのか。

どうしたものかと考え倦ねて、わたしは苦肉の策を切り出します。

「その……大変光栄なお申し出なのですが……それは無理なのです」

「どうしてだい？」

「実は、うっかりダンスの踊れない不便な靴を履いてきてしまいまして……」

「そうか、それは好都合だ」

「は？」

「きみに、ダンスシューズをプレゼントしよう」

「――え？」

会心の演技はさらりと流され、王子様はわたしの手を引いて歩き出します。

「あ、あの、王子様……？」

「大丈夫、取って食べたりはしないよ。僕はきみとダンスがしたいだけなのだから」

王子様は会場を後にして、ぐんぐん歩いて行きます。わたしはささやかな抵抗を示しますが、さすがに長身で体格の良い男性である王子様の力には敵わず、為す術なく手を引かれていきます。

これは……もしかしたらまずいのかもしれません。いくらこの国の王子様とはいえ、年頃の男性です。わたしに劣情を催し、どこかの密室へ連れ込んでそのまま事に及ぼうという心積もりなのかもしれません。さきほどアムリス氏にされた王子様の特殊性癖の話が脳裏を過りました。

さすがのわたしも慌てます。

「あ、あの、王子様、実はわたしは――」

「着いた、ここだよ」

王子様が足を止めた場所。それはやたらと重厚な扉の前でした。兵士も待機しており、物々しい雰囲気です。会場のほうからは何やら歓声のようなものも聞こえます。もしかしたらジョハンナお姉様がまた何かやらかしたのかもしれません。わたしも早くあちらへ戻りたい……。

「……王子様、ここは?」

「ここは僕の自室さ。ゆっくりしていると変に勘繰られるかもしれないから早くしよう」

「お、王子様……! お待ちください……!」

貞操の危機に焦りますが、王子様は力強くわたしの手を引いて室内へ入り、扉を閉めてしまいました。

ああ、これはもうダメかもしれません……。わたしはここで王子様の気が済むまで、贅(ぜい)の限りを尽くした特殊なプレイングを施されるのです……。

天国にいるお父様にせめてわたしの無事を祈っていてくださいと願ったところで、王子様はわたしを入口のところへ放置したまま一人で部屋の奥のほうへ行ってしまいました。

部屋は大きなL字形をしているようで、入口からでは奥の様子は窺えません。

あるいはこれは逃げ出すチャンスなのでは、とも思いますが外に兵士の方が待機されている以上、それも難しそうです。

考えは色々と浮かびますが、結局どの方策も取れないまま一分ほどが経過したところで、王子様は小箱を十個くらい両手に抱えて戻ってきました。この中に数々の特殊性癖道具が詰め込まれているに違いありません。

「この中からどれでも好きなものを選ぶと良い」

得物だけは自分で選ばせてやるという慈悲でしょうか。わたしは戦慄(せんりつ)します。

王子様は一旦すべての箱を床に置くと、その中の一つを手に取り蓋を開けました。

箱の中には――美しい装飾の施された靴が一足収められていました。

状況が理解できず目を丸くするわたしに、王子様は照れながら言いました。

「恥ずかしいから内緒にしてほしいんだけど、実は僕は女性の靴に目がなくてね。美しい靴を見かけるとつい収集してしまう癖があるんだ」

「………」

想定とはだいぶ違いましたが、これはこれで極めて特殊なご趣味です。しかし、どうやら王子様は本当に靴を貸してくださるだけのようなので、その点では安心しました。

王子様が持ってきてくれた靴の中から、サイズの合うものを適当に選んで履き替えます。

やはりガラスの靴よりは、よほど動きやすくて快適です。

「ガラスの靴なんて初めて見たよ」王子様は興味津々でした。「女性の靴の知識に関しては人後に落ちない自信があるけど、その僕でさえこれは初めて見るものだ。少なくともこの国のものではない。とても美しいなあ……これはどこで手に入れたんだい？」

「――父が、異国の商人から買い求めたものと聞いています」

まさか知らないおじいさんに貰(もら)いましたとは言えないので、適当に誤魔化します。あと、女性の靴に異様に詳しいことはあまり喧伝(けんでん)なさらないほうがよろしいかと愚考します。

王子様は物欲しそうにガラスの靴を食い入るように見つめていました。正直言うと別に差し上げても良いのですが、一応は借り物なのであまり勝手なことはできません。

ガラスの靴は王子様のお部屋に預けることにして、わたしたちは急いで舞踏会場へ引き返します。あまり長く二人で席を外していたら、よろしくない噂が立ってしまいそうです。いや、もしかしたらもうすでに遅いのかもしれませんが……。

ちなみにお部屋に入るときもそうでしたが、どうやら王子様は鍵を掛けないタイプのようです。兵士の方が常に警備をしているので必要ない、ということなのでしょうか。

ともあれ靴をお借りしてしまった以上、王子様の要求どおり踊って差し上げなければ、事は収まらないでしょう。その後のことは……まあ、追々考えましょう。

王子様の自室を出て会場へ戻る道すがら、今後の予定を頭の中で立てていたところで――突然、身なりの良い若い男性と鉢合わせました。

王子様に負けず劣らずのハンサムで精悍（せいかん）な顔立ちの青年です。オリバー王子は上品で優しげな、まさに温室育ちという印象ですが、目の前の青年は野性的でワイルドな印象。どこかの貴族の方でしょうか。それにしてはこの国の王子様の行く手に立ち塞がるとは大層な不敬であるように感じますが……。

「兄上、こんなところで何油を売っているのだ。客人たちが兄上を探しているぞ」

「ああ、ケヴィン。わざわざすまなかった」

兄上、ケヴィン――。その言葉でようやく目の前に立つお方の正体に思い至り、わたしは背筋を伸ばします。

このお方こそ、イルシオン王国の第二王子であらせられるケヴィン王子なのでしょう。

美形のご兄弟というお噂はかねがね伺っていましたが、まさかここまでタイプが違うとは、思ってもいませんでした。

確か、御年はオリバー王子よりも二つ下なので、今は十六歳ほどでしょうか。若々しいエネルギィと自信に満ちあふれた魅力的な方です。

そこでケヴィン王子はわたしの存在に気づくと、意外そうに目を丸くしました。

「珍しいな、堅物の兄上が女連れとは。お気に入りを早々につまみ食いとは見直したぞ」

「ケヴィン、失礼だぞ」怒ったようにオリバー王子は弟君を窘めます。「少しだけこの女性に用があっただけだ。会場にはすぐ戻る」

「そうかい」ケヴィン王子は意味深に笑います。「戻りが遅いから気を利かせて使いっ走りになってやったのに面白くないな。まあ、いい。邪魔者はさっさと消えるぜ。俺は適当にその辺で兄上のお下がりの女でも見繕うさ」

「ケヴィン！」

「兄上も羽目を外しすぎないようにな。最近、あまり心臓の具合が良くないようだし」

叱責するように名前を呼びますが、ケヴィン王子は取り合わず、背を向けてそのまま歩き去ってしまいました。

「……愚弟が失礼したね。どうにも王族としての自覚に欠けて粗暴で……。兄としてお詫び申し上げます」

「いえ、とんでもない！　ケヴィン王子にもお目に掛かれて大変光栄です！」

頭を下げられそうになったので、わたしは慌てます。

「それよりも……お加減がよろしくないのですか……？」

オリバー王子は穏やかに微笑みました。

「あなたのような善良な方がいらっしゃるのであれば、この国の将来は安泰だね。なに、大丈夫。最近公務が続いて疲れが溜まっているだけさ。あなたが共に踊ってくれたなら、たちどころに回復するだろうね」

それからオリバー王子は、わたしに手を差し伸べながら言いました。

「それではお嬢さん。会場へ戻りましょう。……と、そのまえに、もしよろしければお名前を伺ってもよろしいかな？」

反射的に本名を答えそうになりましたが、そういえばわたしはここへ不法侵入していたのでした。偽造招待状には、もしかしたら何かしらの名前が書いてあったのかもしれませんが、生憎とわたしはそれを存じません。仕方なく、一瞬だけ考えて答えます。

「——エラ・ジェファーソンと申します」

「エラ……素敵な名前だね」

白い歯を煌めかせて王子様は笑いました。すべての女性が一撃で恋に落ちてしまいそうな、それはそれは素敵な笑みでした。

わたしはあまり変な期待をさせないように微妙な笑みを返しながら、王子様の手を取るのでした。

5

当然のことながらわたしのような庶民がダンスの礼儀作法など知っているはずもなく、王子様とのダンスは散々な結果に終わりました。

王子様の足を踏み、誤って股間を蹴り上げ、自分のドレスの裾を踏んで転倒し、おおよそ人生でかきうるすべての恥という恥をこの数分間にかききったと断言できるほどに、それはそれは酷(ひど)い有様で、さすがの温厚な王子様も苦笑する他ないレベルでした。

しかし、その無様のおかげでわたしに集まっていたヘイトは上手い具合に散失したようで、ダンスが終わり王子様の元から離れる頃には、もう誰もわたしに悪意を向けてはいませんでした。嘲笑は向けられていたようですが。

運動神経が悪いのも、たまには役に立ちます。

このまま何事もなく舞踏会をやり過ごして、さっさとおうちへ帰りましょう。お姉様たちよりも先に戻っていなければ怪しまれますからね。

ダンスが終わってからは、わたしはまた会場の一角で異様な盛り上がりを見せているジョハンナお姉様の食事風景を眺めます。家で多少は見慣れているつもりでしたが、こうして客観的に観察すると改めて人知を凌駕(りょうが)していることに気づきます。今はまだ貧しい時代なので、たくさん食べることは悪とされがちですが、将来的にもう少し人々が豊かになった暁(あかつき)には、大食いというのは案外興行として流行(はや)るかもしれません。

そんなことを考えながら、わたしも適当にお食事をいただきます。テーブルに並べられたお料理は、贅の限りを尽くしたものでした。王子様のお誕生日なのですから、当然と言えば当然なのでしょうが、少なくともロクに味わうこともせず次から次へと胃袋に押し込んでいって良いものでないことは間違いありません。ジョハンナお姉様にはいずれバチが当たるかもしれません。

と――、そのときそれまで変わらぬペースで快調に喫食を続けていたジョハンナお姉様に変化が現れました。突然ぴたりと食事の手を止めたのです。

何事かと、周囲のギャラリィたちもどよめきます。お姉様は焦点の定まらない瞳で虚空を見つめて、ぷるぷると震えています。そしてギャラリィの一人が心配そうに声を掛けようとした、まさに次の瞬間、お姉様は盛大にひっくり返りました。それと同時にテーブルが倒れ、載っていた料理やワインが飛散し、その被害をドレスに受けた女性たちが一斉に金切り声を上げ、会場は一瞬にして阿鼻叫喚の地獄絵図と化しました。

すぐに係の方が集まってきて事態を収めますが、ジョハンナお姉様が起き上がることはありませんでした。どうやらさすがのジョハンナお姉様も限界に達してしまったようです。さっそくバチが当たったのでしょうか。自業自得とはいえ、多少気の毒に思います。

結局、意識を失ったジョハンナお姉様と泥酔したキャサリンお母様は医務室へ運ばれることになったようです。ライラお姉様も介抱のため続きます。

何というか、トンプソン家再興の夢は、今回は諦めた方が良さそうです。

ライラお姉様に微かな同情を抱きながら、わたしは素知らぬ顔で豪勢な食事に舌鼓を打っていました。

それから小一時間が経過したところで、あらかたのお料理を食べ終わり、おなかもいっぱいになりました。ジョハンナお姉様ではないですが、少々食べ過ぎてしまったかもしれません。でも、ここで味を覚えて帰れば、明日からお姉様たちにこの味を再現して作って差し上げることも可能なはず。そう思えばこの苦しみもつらいとは感じません。

懐中時計を確認すると、時刻は午後八時を回ろうとしていました。舞踏会はジョハンナお姉様の退場以降、ようやくまともな舞踏会の様相を呈してきたようで今はとても上品で穏やかな社交場となっていました。

中央では二人の王子様たちを始めとして、美男美女たちが微笑を湛えながらダンスに興じています。完全に上流階級の世界です。先ほどまでが場末の酒場すぎただけなのかもしれませんが。

そんな素敵な別世界の出来事を邪魔するのは大変心苦しく思いましたが、わたしはそろそろ帰らなければなりません。自称偉大なる魔法使いであるアムリス氏は零時に魔法が解ける云々(うんぬん)と言っていましたが、元より長居するつもりはありません。ライラお姉様のことは多少気になりますが、あの調子ではもはや王子様やどこぞの貴族に見初められるということはないでしょう。つまりすでに目的は果たしたということです。

ならば、これ以上余計なことが起きるまえにさっさと退散するのが得策というもの。わたしは勇気を振り絞って、ダンスを終えたオリバー王子に声を掛けます。

「あの、王子様」

「やあ、エラ。楽しんでくれているかい？」

王子様は爽やかな笑みを向けてきます。ほとんどずっと踊っているにもかかわらず、息一つ上がっていないご様子。凄まじい体力です。

「実はその、そろそろわたしはお暇しなければなりません」

「――もう帰ってしまうのかい？」

王子様はとても寂しそうに眉尻を下げます。そのあまりの痛ましいお姿に、「じゃあもうちょっとだけ……」と答えたくなるのを我慢して、わたしは頷きます。

「……はい、申し訳ありません。実は家で病気の母が待っているのです」

「なんと……それは気の毒に。ならば早く帰って差し上げないといけないよ」

王子様は同情するようにそう言ってくださいますが、実際のところわたしの義母はお城の医務室で酔い潰れています。冷静に考えるとわたしは先ほどから王子様に嘘ばかりついていることになります。もしわたしの正体がバレてしまったら断頭台へ送られたりしないか不安です。まあ、もう会うこともないでしょうが。

ガラスの靴を返していただくため、わたしは再び王子様と舞踏会場を後にします。

王子様のお部屋へと向かう道すがら、今度は口ひげを蓄えた体格の良い中年男性と遭遇しました。

「おお、殿下」男性は恭しく頭を下げます。「そろそろお召し替えのタイミングかと思っておりました」

「うむ、約束だからな」

そこで男性は初めてわたしの存在に気づいたように目を丸くします。

「あの、殿下。失礼ですが、そちらの方は……？」

「こちらはエラ。少し用があって同行してもらってるんだ。すぐに終わるから安心しろ」

王子様に紹介されて、わけもわからずわたしはぺこりと頭を下げます。男性は値踏みするような顔でわたしを上から下まで眺めますが、すぐに王子様へ視線を戻しました。

「――わかりました、ではまた後ほど」

それだけ言うと、もうわたしには目もくれず、男性は立ち去って行きました。

「えっと……今の方は……？」

「ああ、彼はグレアム。国務大臣だよ」

なんとお大臣様でしたか。素っ気ない態度を取ってしまったことを悔やみます。

「彼は僕の教育係みたいなものでね。この歳（とし）になっても過保護で少し困っているんだ」

照れたようにそう笑ってから、王子様はまた歩き出しました。

それからは道中特に何事もなく、王子様のお部屋へと辿り着きました。先ほど同様、兵士の方がお一人でお部屋の警備をしています。この方はずっとこの場に立ち続けているのでしょうか。兵士というのはなかなか忍耐力を伴うお仕事なのだなと感心します。

王子様とわたしは二人で中へ入ります。

「それじゃあ、ここで待っていたまえ。すぐにきみの靴を取ってこよう」

わたしを入口のところで待機させ、王子様は一人で部屋の奥のほうへ行ってしまいました。お部屋の構造がL字形になっているため、入口からでは奥の様子は窺えません。わたしはただ、主人を待つ忠犬のように、入口のところでジッと王子様の帰還を待ちます。

しかし――王子様はなかなか戻ってきません。それどころか大きな物音一つせず、かれこれ五分ほどが経過しました。

「あの、王子様？　どうかされましたか？」

念のため声を掛けてみましたが、反応はありません。不審に思い、わたしは申し訳なさを感じながらも部屋の奥のほうへ足を進めます。

「――失礼します」

念のため断りの言葉を掛けてみても、やはり何も返ってきません。いったいどうなさったのでしょうか。

何故だか嫌な予感がします。肌が粟立ち、胃のあたりが急に冷たくなってきます。

恐る恐る整頓された王子様のお部屋を進み、ようやくL字の曲がり角のところまで辿り着いたわたしは、そこで初めて部屋の奥の様子を知ります。

部屋の奥では――。


――王子様が頭から血を流して倒れていました。


「王子様！　大丈夫ですか！」

わたしは慌てて駆け寄ります。王子様が倒れていた床の付近にはガラス片と何故か衣服が散乱していました。よく見るとそれは先程まで王子様がお召しになっていた服であり、今王子様はそれとは異なるお召しものを着ていらっしゃいます。

破片で怪我をしないよう気をつけながら、王子様の身体を抱き起こします。うつ伏せに倒れていたので、転んで頭を打ったのかと思ったのですが――どうやら違うようです。

「――っ！」

抱き起こした王子様の顔は――判別不可能なほどズタズタに切り裂かれていました。

転倒のような事故でこのような怪我を負うことはありません。

わたしは思わず息を呑み、次いで慌てて脈を確認して……ため息を吐きました。

脈拍は――止まっていました。身体の温もりも加速度的に失われつつあるのが、触れただけでわかりました。

とどのつまりオリバー王子は、何者かに殺害されたことになります。

それもこのたった五分の間に。

いったい何が起きているのかわかりません。さすがに動揺しすぎて頭も満足に回りません。とにかくこの状況を誰かに伝えなければ、と思っていたところで、ドアが激しくノックされました。

「王子！　オリバー王子！　どうかされましたか！」

警備の兵士の方でしょうか。もしかしたら、わたしが駆け寄ったときの声から異変に気づいたのかもしれません。人を呼びに行く手間が省けて良かったです。

何も考えられず、とりあえずわたしは胸をなで下ろします。

「王子！　入りますよ！」

ほとんど怒声に近い叫び声と、扉を勢いよく開く音が響きます。ここからでは入口の様子は窺えませんが、おそらく兵士の方が中へ踏み込んできたのでしょう。ドシドシと床を鳴らし、こちらへ近づいてくる気配。

そしてようやく——わたしは入ってきた兵士の方と目を合わせます。

兵士の方もこの状況は予想していなかったのか、部屋の奥の光景を見て硬直しました。

わたしたちは互いに見つめ合ったまま、しばし静止します。

数秒が経過したところで、ようやく我に返ったのか兵士の方が叫びました。

「おのれ！　貴様よくもオリバー王子を！」

「…………は？」

わたし——シンデレラは、そのまま王子様殺害の現行犯として捕まってしまいました。

第2章　シンデレラ、裁判に掛けられる

1

何だか大変なことになってしまいました。

被告人控え室で、わたしは一人で途方に暮れます。

王子様殺害の現行犯――とても言い逃れができる状況ではありません。

わたしは無実を主張する暇さえ与えられず、即座に臨時法廷で裁かれることになってしまいました。

イルシオン王国は法治国家なのですから、本来であれば綿密な取り調べと捜査の後に法廷でその罪を正式に定めるのが正規の手続きなのですが、今回はわたし以外に犯行が不可能な状態での現行犯逮捕であること、さらには王子様生誕祝いの最中（さなか）、その主役であるこの国の王位継承者を無残にも惨殺したという悪逆非道ぶりに王様が大変激怒なさったため、即座に下手人であるわたしの裁きを行うことになったのだとか。

入念な取り調べと地道な捜査さえ行われれば、わたしの無実を証明できるに違いないと

思っていたのですが、どうやらそれも叶いません。

一応、法治国家としての体裁を保つために裁判が行われるわけですが、ロクな取り調べも行われていない現状、一方的なスピード判決になることは目に見えています。

さらに王様は、舞踏会に訪れた人々を観客として、王族を手に掛けた不届き者がどのような悲惨な運命を辿るのかということを見せしめにするようです。おそらく、このままわたしを明日の朝一番で断頭台に掛けるつもりなのでしょう。

逃れられない死という運命がすぐ目の前まで迫っており、さすがのわたしも生きた心地がしません。

しかし、そこで一つ問題が発生します。法律上、裁判に掛けられる被告人にはその身元を証明するための宣誓者が立てられるのですが、身元を偽って舞踏会に不正に参加していたわたしには、身元を証明してくれる人が一人もいません。本名を明かしたら、トンプソン家の皆さまに迷惑が掛かるかもしれませんし。

元より、訪問者リストにないわたしが今このお城にいること自体、かなり怪しい状況です。そこで仕方なく——わたしはある人物の友人としてここに同行してきたことにして、その人を宣誓者として立てることにしました。

ドアがノックされます。

わたしは、どうぞ、と返事をして訪問者を招き入れます。

失礼します、と怪訝そうな顔つきで部屋へ入ってきたその女性は、わたしの顔を認めるや否や、これ以上ないというくらい驚愕しました。

「あんたこんなところで何やってるの⁉」

開口一番、いつもの調子で——ライラお姉様は悲鳴に近い声を上げました。そんなお姉様を見て、わたしの心はこれまでの不安が嘘のように和らぎました。

「良かったです、お姉様。来てくださらないかもと心配していたんですよ」

「いや待って、あんた何そんなに落ち着いてるのよ！　こっちはお母様たちを介抱していたら、突然兵士の人たちがずらりとやって来て、王子様殺害の容疑者があなたを宣誓者に選びましたのでご同行願います、とか言われて生きた心地がしなかったんだからね！」

一息に捲し立てて、お姉様はこちらに詰め寄ってきます。

「第一、あんた何でここにいるのよ、どうやってここへ来たのよ、そもそも自分が何やったか本当にわかってるの⁉」

「お姉様、少し落ち着いてください」

「この状況で落ち着いていられるあんたが異常なのよ！」

言われてみればそうかもしれません。

「いえ、わたしも動揺していないわけではないのですが、わたしよりも動揺しているお姉様を見たら何だか逆に落ち着いてきてしまって」

「私の動揺を鎮静剤代わりに使うんじゃないわよ！」

肩を怒らせながらそう言うと、お姉様は深いため息と共に椅子に腰を下ろしました。

「……それで、どうして王子様を殺したのよ？」

「わたしはやってません」

お姉様の目を見てわたしはきっぱりと言い切ります。

しばらく胡乱な目つきでわたしを見返していたお姉様でしたが、再びの盛大なため息。

「まあ……そうよねえ。第一、あんたは小賢しくて口うるさいけど、王子様を手に掛けるような人間じゃないものね。王子様を手に掛ける理由がないわ」

「まったくおっしゃるとおりです。さすがお姉様です」

わたしはお姉様のご慧眼に感服しました。

「ということで、わたしの人間性に訴えかけて、一緒に無実を主張してください」

「無理よ」

はっきりと、ライラお姉様は顔をしかめて言い切りました。

「兵士の人に少し聞いたけど、あんた現行犯として捕まったんでしょう？　おまけにあんた以外に誰も王子様を殺せない状況だったとも聞いてるわ。そんな中で、あんたの無実なんか主張したら、私まで断頭台送りよ」

「でも、本当にわたしはやっていないんです。わたしの視界を離れたほんの数分の間に、誰かが王子様を殺害して、煙のように消え去ったんです」

「……気持ちはわかるけど、そんな世迷い言、誰も信じないわよ」

お姉様は聡明な方なので、客観的に物事を考えられます。そのお姉様がおっしゃるのですから、きっとわたしの置かれた状況はどうしようもなく致命的なものなのでしょう。

「せめてもう少し調査や取り調べをしてくれたら、何か糸口が見つかるかもしれないけど……この異例のスピード裁判じゃとても無理だわ。残念だけど、運命を受け入れなさい」

「いやです」

わたしはまたきっぱりと宣言します。

「だって、わたしがやってもいない罪を認めてしまったら、王子様を殺した真犯人が野放しにされることになります。下手をすれば、また新たな犠牲者が出るかもしれません。最悪それはライラお姉様かも……。そんなこと、わたしは絶対にいやです。だから最後まで抵抗してやります」

「……あんた、そういうところ頑なよね」

呆れたようにそう言ってから、お姉様はまた難しそうな顔をします。

「でも、その抵抗も無意味かもしれないわ。これも兵士の人から聞いたんだけど……この裁判、裁判長にはあの鉄腕サイラス、裁定官には無敗のクロノア・ジャッジメントが立つらしいの。万に一つも——勝ち目はない」

「何だか物々しい感じがしますけど……どなたです?」

首を傾げると、お姉様はあからさまな落胆のため息を吐きました。

「……あんたはホント世情に疎いわね。サイラス様は、この国の法務大臣——つまり法のトップよ。とても厳粛で、かつ徹底的な完璧主義者。あらゆる罪人は彼の裁きから逃れられないと言われているわ。昨日まで他国との会合で国を出ていらしたみたいだけど、偶然先ほどお城へ戻って来られたそうよ。運がなかったわね。そしてクロノア様は法の番人、正義の使者とも呼ばれる方で、現在この国最高の裁定官とされているわ。罪を激しく憎んでいて、罪人には徹底した裁きを下すと、恐れられてもいる。連戦連勝、彼と対峙して無実を勝ち取ったものはいないとさえ言われているみたい。王様は間違いなくこの国の法のツートップを使って、あんたを徹底的に裁こうとしているわ。周辺国へのアピールも兼ねているのかもしれないけど……とにかく、それほど王様は怒っていらっしゃるということでしょうね」

裁定官というのは法と証拠に基づいて、犯罪者の裁量——つまり罪の程度を定める役職。そして裁判長というのは文字どおり裁判の長(おさ)であり、被告人と裁定官の意見を聞き、有罪か無罪か、有罪の場合は量刑を決定する役職です。

改めて、じっくりと考えて感慨を伝えます。

「こわいですね」

「感想それだけ⁉　あんた自分がどれほど危機的な状況に置かれているか、本当に理解しているの⁉」

目を見開いてがなるお姉様に、わたしは冷静に答えます。

「理解はしています。でも、誰が相手だってやることは同じです。わたしは自分の無実を主張するだけです」

「それは……そうだけど……」

ライラお姉様が不安げに瞳を揺らしながら呟(つぶや)いたところで、控え室のドアが乱暴に叩(たた)かれ、返事も待たずに複数の兵士たちが入り込んできました。

「時間だ！　被告人と宣誓者は速(すみ)やかに臨時法廷へ移動しろ！」

どうやら作戦を立てる時間もないようです。

わたしとお姉様は、引き立てられる罪人のように（事実そうなのですが）、部屋から連れ出されました。

2

先ほどまで和やかに舞踏会が執り行われていた大広間は、異様な雰囲気に包まれていました。壁際には、聴衆として舞踏会の招待者や兵士、城の使用人の方々が、愛すべきオリバー王子を手に掛けた凶悪犯が現れるのを今か今かと待ち受けていた様子でした。わたしが兵士の方に連れられて広間に顔を出した瞬間、射殺すような殺意に満ちた鋭い視線が四方から飛んできます。

　実質的には付き添いであるはずのお姉様は、怯（おび）えた仔犬（こいぬ）のようにおどおどしています。少し可哀想（かわいそう）です。

　広間の奥には何やら物々しい祭壇のようなものが作られていました。おそらくあそこが審判席でしょう。審判席の前——つまり、わたしから見て手前側には小さな証言台が設置されており、その左右には如何（いか）にも簡易に設（しつら）えましたという印象の長テーブルが一台ずつ置かれていました。あれはきっと被告人席と裁定官席でしょう。

　案の定、わたしたちは、向かって右側のテーブルへと連れられ、半ば強制的にそこへ着かされました。一応、聴衆と簡易法廷は急造の柵によって仕切られていますが、高さが腰くらいまでしかないのではっきり言って心許（こころもと）ありません。裁判の途中で怒った聴衆から襲われたりしないでしょうか……。

わたしたちが被告人席について間もなく、聴衆からどよめきのようなものが起こりました。皆入口のほうへ視線を向けています。わたしもそちらを見やりますと、そこにはそうそうたる顔ぶれが列を成して歩いていました。

先頭には頭上に王冠を掲げた厳めしい中年の男性。立派なおひげを蓄えたあのお方がこの国の国王、ウォルター様なのでしょう。

ウォルター様の後ろには、同じく頭上に煌びやかなティアラを飾ったとても美しい女性が続きます。オリバー王子と同じ輝くような金色の御髪と、翠玉色の双眸が見る者の目を奪う――あちらが王妃のグレース様でしょう。

わたしのような庶民が、国王陛下のご尊顔を拝する機会などそうそうありませんので、感動さえ覚えます。惜しむらくは、王様方がわたしを横目で見やり、今すぐにでも八つ裂きにしてやりたいとばかりの殺意を発されたので感動どころではなかったことでしょう。

そしてグレース様の後ろには、厳粛な印象の初老の男性が続きます。右腕の肩から先が鉛色に光る甲冑に覆われたあのお方こそ、先ほどのお話にもあった法務大臣サイラス様に違いありません。『鉄腕サイラス』という呼称は、てっきり何かの比喩なのかと思っていましたが、そのものズバリの二つ名だったようです。胸には金属光沢を放つ、尖った鏃のようなペンダントが揺れています。おしゃれにしては少々無骨すぎるので何らかの来歴があるものなのでしょう。

そんなサイラス様に付き従うように続くのは、全身を黒衣で覆った長身の男性でした。

年齢は、はっきりいって若いです。おそらくまだ二十代。顔の造形も整っており、十分にハンサムの部類には入りそうですが、ギラギラとした猛禽類を思わせる双眸には、貪欲な昏い光が灯っており、見た目の印象に反して近寄りがたい雰囲気を纏っていました。

おそらくあれが――これからわたしが対峙しなければならない正義の使者。法の番人、無敗の裁定官ことクロノア・ジャッジメントその人なのでしょう。

雰囲気に呑まれたら、それだけでもう冷静な判断力を失ってしまいそうです。わたしは改めて気を確かに持ちます。

「……もうダメよ……おしまいよ……」

わたしの隣ではライラお姉様が小さく震えていました。わたしはお姉様を勇気づけるようにその震える手を強く握りました。

「お姉様、大丈夫ですよ。わたしがついています」

「いや、そもそもあんたのせいでこんなことになってるんでしょうが……!」

お姉様は器用に小声で怒鳴ってきました。そういえばそうでした。

わたしたちの前を通りすぎて、王様たちは奥の壇へと登っていきます。そして、クロノア様だけが、わたしたちと向かい合う形で裁定官席に着かれました。

どうやら――いよいよ始まるようです。

わたしの命運を賭けた、絶体絶命の裁判が――。

込み上げるつばを飲み下し、わたしは覚悟を決めます。

審判席の中央に着いたサイラス様は、よく通る低い声で語り始めました。

「――怒りに拳を震わせる者も、悲しみに頬を濡らす者も、どうか心を静めていただきたい。今日この日この場に集まった皆、平等にこの国の運命を見届ける権利がある。……我らが愛したオリバー王子は、許しがたき悪鬼の手によりこの世を去った。悪鬼は自らが王城内へと持ち込んだガラスの靴により、王子の頭部を背後から滅多打ちにするという、凄惨極まりない悪逆非道の手段を用いた……！」

サイラス様の言葉に呼応するように聴衆はどよめき立ちます。無数の黒い感情が吹き上がり、それは一身にわたしへ向けられます。正直生きた心地はしませんが、どうやら凶器が、わたしが持ち込んだガラスの靴であるらしいことがわかったのは収穫の一つです。そもそもわたしは、凶器が何かすら知らされていないわけで……。そういえば、今になって王子様のご遺体の側にガラスの破片のようなものが散らばっていたことを思い出します。

なるほど、左右のガラスの靴で原形がなくなるくらい殴りつけたために、破片だけが現場に残ってしまったということですか。いけませんね……結構状況に呑まれて頭が回っていないようです。

「私は悪逆非道の下手人を今すぐにでも縊り殺してやりたい。しかし、この国の司法を守るものとして、今は公人としての務めを果たしたいと思う。現行犯ではあるが、この国の法に則り、簡易ながら裁判を執り行う。いくら下手人が憎くとも、私は公平にして公正な判断を下すことをここに誓おう。そしてその上で――必ずやかの邪知暴虐の徒を明朝断頭台に送ろうではないか」

大広間全体を揺らすような歓声が、聴衆から湧き起こります。完全にアウェイで、早くもわたしは心が折れそうです。

「陛下。よろしければ、この裁判に先駆けまして何かお言葉を頂戴できれば幸いです」

「——うむ」

サイラス様に促されて、ウォルター陛下はおもむろに口を開かれました。

「——この国に法があったことを、今日ほど喜んだ日はない。何故ならば、もし法がなかったら、我は公人としての責任すら放棄し、激情に駆られるがまま自ら剣を取り、即座にそこな下手人の首を刎ねていたことだろう。しかし、我欲で己が望みを叶えるのでは動物と変わりない。人が人であるためにも、法というものは絶対に必要なものだ。法とは国の在り方であり、延いては民の理想的規範である。この法治国家イルシオン王国に住む民の一人として、最愛の息子を失った一人の父として、今日はここで裁判の行方を見守りたいと思う。我が妻グレースも同じ気持ちであろう」

王様の真摯な語り口に方々から嗚咽さえ漏れ聞こえてきます。ウォルター陛下のお言葉に、グレース様は切なげに目を伏せてから深く頷きました。

「わたくしたちは、裁判の進行に一切の口出しをいたしません。王族とはいえ、神聖なる法の祭壇において私情を挟むわけには参りませんので。すべての判断は裁判長と裁定官にお任せいたします。どのような結果になろうとも、黙ってその結末を受け入れる覚悟です。しかし最後にこれだけは言わせてください。皆さま——どうか息子オリバーが天国で穏やかに過ごせるようお祈りください」

半ば無意識に、その場にいた全員がオリバー王子に黙禱を捧げました。

これが王族の持つカリスマなのでしょうか。ほとんど反射的にそのお言葉に従いたくなってしまいます。

一分ほど黙禱の時間が続いたところで、サイラス様が沈黙を破りました。

「では、以後の進行は裁定官に引き継ぐ」

「――かしこまりました」

裁定官席のクロノア様が恭しく頭を下げられました。黒衣に包まれたその姿は、被告人であるわたしから見るとさながら死神のようにも見えます。実際のところ、当たらずとも遠からずという感じではあるのですが。

「ただ今ご紹介に預かりました、此度の裁判にて裁定官を務めさせていただきますクロノア・ジャッジメントと申します。皆さまよろしくお願い申し上げます」

クロノア様の名乗り口上に、溢れんばかりの拍手が巻き起こります。さすがは法の番人というところでしょうか。民衆の皆さまからも絶大な支持を受けておられるようです。

「ちょっとシンデレラ、あんたなに余裕面してるのよ」お姉様はわたしだけに聞こえる小声でそう言うと脇腹を突いてきます。「せめてもう少し殊勝な態度を見せれば、もしかしたら極刑は免れるかもしれないでしょう」

「いやあ、あり得ないですねえ」わたしは諦めの境地で答えます。「あちらはわたしの首が欲しくて仕方がないという感じです。そもそもこんな形だけの簡易裁判如きで本当に正確な量刑を決められるはずないでしょう。これは対外的な儀式に過ぎません。すでにわたしの処刑は既定事項です。きっともう裏ではわたしの首をはねる準備が進められていることでしょう」

「そんな……！」

悔しそうにライラお姉様は下唇を噛みます。お姉様、何だかんだ言ってわたしの味方なので好きです。

「さて、まずは皆さまに此度の殿下暗殺事件のあらましをお伝えしましょう」

クロノア様は声に感情を込めず、淡々とした口調で語り始めます。

「事件は午後八時を少し過ぎたところで発生しました。イルシオン王国第一王子、オリバー・イルシオン殿下が、王城内の私室にて殺害されました。現在、医療班が殿下の詳細な死因について調べておりますが、後頭部に何度も激しく殴られた痕が残されていることから撲殺でほぼ間違いないだろう、とのことです。被告人は殿下の背後から襲い掛かり、そのお命を奪ったのです」

なんて非道な、人間のすることじゃない、あんなに綺麗な顔してむごいことを、そんな囁き声が周囲から漏れ聞こえます。

「さらにオリバー殿下は、何か鋭利な刃物のようなもので、その玉顔を判別不可能なほどズタズタに切り裂かれていました」

クロノア様の衝撃的な言葉に、悲鳴に近い声が上がりました。気持ちはわかります。わたしも王子様のご遺体を目にしたとき、同じようにショックを受けましたから。

「斯様な残虐極まりない犯行手段から、被告人はオリバー殿下に強い恨みを抱いていた可能性が示唆されます。しかし、殿下は清廉で誠実なお方。これまで浮いた話一つなく、質実剛健を体現されたような殿下が、女性から強い恨みを買うはずがありません。従って被告人は一方的に、被害妄想的に殿下に恨みを抱き、その手に掛けたのだと私は考えます」

なるほど。これまであまり気にしていませんでしたが、確かに動機は気になります。

ただ今クロノア様がおっしゃったように、オリバー王子は少々特殊な趣味をお持ちのようではありましたが、基本的には噂どおり誠実そうな方でした。にもかかわらず、殺害され、あまつさえお顔を滅茶苦茶に刻まれてしまった……。少なくとも物取りや一時の感情の高ぶりなどではない、深い理由により殺害されてしまったことが推測されます。

残念ながらその理由までは……今のところ皆目見当もつかないのですが。

「事件の直前、殿下の私室警備担当だったマシュー兵士は、殿下と被告人が二人きりで私室へ入るところを目撃しています。そして数分後、中から争うような音が聞こえたので慌てて室内へ飛び込み――殿下のご遺体と、その側に座り込んで放心する被告人を発見。現行犯により被告人を捕縛しました」

決定的ではないか、早く処刑しろ、磔にして石を投げよう、などなど様々な怒りの声が、再び聴衆から上がります。

確かに状況的に考えて、わたし以外に犯行は不可能なようです。しかし、実際にわたしがやっていない以上、そこには何らかの欺瞞があるのです。

「さて――被告人エラ・ジェファーソン」

「え？　あ、はい」

不意にクロノア様に呼び掛けられて、一瞬反応が遅れてしまいました。そういえば、今のわたしはそのような偽名を名乗っていたのでした。

「被告人は、これまでの説明で何か主張がありますか？」

試すような視線で、クロノア様はわたしを見やります。どうやらここは勝負所のようです。わたしは真っ直ぐにその目を見返して答えます。

「わたしは——やっていません」

はっきりと、すべての聴衆に聞こえるように、自信を持って告げます。

「王子様と二人で私室に入ったことは間違いのない事実です。しかし、王子様はわたしに入口の近くで待っているようにと言いつけると、お一人でお部屋の奥へ行ってしまわれました。ご存じのお方もおられるでしょうが、王子様のお部屋はL字の形をしており、入口からでは奥の様子が窺(うかが)えないようになっています。ですので、わたしは王子様がお部屋の奥で何をされていたのか、まったくわかりませんでした。ところが、五分ほど経過しても王子様は戻ってこられず、また物音すらしなくなっていたので不審に思い、無礼を承知で奥へ向かいました。すると王子様が亡くなっておられたのです。何が起こったのか、わたしにもわかりませんが、わたしがやったことでないのは確かです」

嘘偽りなく事実を伝えますが、広間は耳を覆うような大ブーイングに包まれました。音量もそうですが、内容もとても聞くに堪えない罵声ばかりです。お姉様など耳を塞いで涙目で震えています。お姉様へ向けた言葉ではないのに……可哀想です。

クロノア様が聴衆を押し留めるように右手を高らかに掲げます。すると次第に騒ぎは収まっていきました。さすがの求心力です。敵ながら感心します。

「――ご静粛に、皆さま。お怒りはごもっともですが、ここは公平な裁判の場です。私情を捨て、客観的に罪を見極めなければなりません」

右腕を下ろし、再びわたしを見据えます。

「話が逸れてしまいましたが、つまり被告人は無罪を主張するのですね？」

念を押すようなクロノア様の問い。わたしは力強く、はい、と頷きます。

「しかし、あなたと殿下が争っていた音を、マシュー兵士が聞いています。その点はどう説明するので？」

「確かにわたしは少し大きな声を出しました。それは、王子様が倒れていたことに驚いたからです。争うような音を聞いた、というのは主観的かつ憶測混じりの個人的感想に過ぎません。そのような言い掛かりで、犯人扱いされるのは心外です」

「ということは、あなたはマシュー兵士が嘘を吐いていると、主張するのですか？」

「そこまでは言いません。しかし、完全な事実を言っているわけではないと思っています。兵士様の記憶違いなどの可能性も十分に考えられます。クロノア様がおっしゃるとおり、もしこの国の司法が真に公平なのであれば、まずはその事実確認を行うのが先決なのではないでしょうか」

わたしの言葉に、クロノア様は忌々しげに顔を歪めます。しかし、いくら苦し紛れの屁理屈とはいえ、これだけの聴衆を前にする中、司法の公平性を引き合いに出されたら一蹴するわけにもいかないと判断したのか、そうですね、と呟きます。

「なるほど、ただの世間知らずのお嬢さんというわけでもなさそうです。よろしい、あなたがそこまで言うのであれば徹底的にやり合いましょう。殿下暗殺という罪は、国家の基盤さえ揺るがしかねないほどの大罪です。すべてを詳らかにして、その上であなたに自らの罪の重さを思い知らせてあげましょう」

一息にそう告げてから、今度は、審判席に向かって語りかけます。

「サイラス裁判長！　被告人の罪状を明らかにするために、殿下の私室警備をしていたマシュー兵士の証人尋問を行いたいと思います。許可をいただきたい」

裁判長のサイラス様は、眉一つ動かさずに答えます。

「──許可する。しかし、時間が惜しいので手短に行うように」

「御意に」

わたしは内心で胸をなで下ろします。最悪の場合、こちらの一切の主張が認められないまま一方的に死刑を命じられる可能性もあったので、首の皮一枚繋がったというところでしょうか。

舌戦に持ち込めるのであれば──まだこちらにもチャンスがあります。蜘蛛の糸よりも細く、頼りない希望ですが、今は確実にそれを少しずつ手繰っていくほかありません。

わたしは両手で頬を叩き、改めて気合いを入れ直します。さて、ここから先は一つのミスも許されません……！

3

証言台に立った方は、確かにあのとき王子様のお部屋の前にいらっしゃった——そして、わたしを乱暴に拘束なさったあの兵士様でした。こうして改めて見てみると、針金のようにひょろりと痩せて背が高く、お世辞にも屈強な兵士とは言い難い身体をしていらっしゃいます。王子様の私室警備という重要な任務を仰せつかるのに適した人材には思えないのですが……実はとてつもなく剣術に優れていらっしゃったりするのでしょうか。

そんな失礼な感想を持つわたしを余所に、クロノア様は淡々と進行していきます。

「では、マシュー兵士。遺体発見前後の状況を証言願います」

「はっ、了解であります！」

証言者は裁定官の指示に絶対に従わなければならないそうです。右手で立派な敬礼を作ったあと、マシュー様は直立不動の姿勢のまま元気よく語り始めます。

「自分は今晩、オリバー王子の私室警備の任を与えられました！　先ほど裁定官殿がおっしゃったとおり、時刻は午後八時を少し過ぎたところでした。オリバー王子が被告人を伴って私室へ戻ってこられました。お二人が室内に入ってから五分ほど経過したところで、中から争うような声が聞こえ、不審に思い突入すると、血まみれの王子と被告人を発見いたしました。自分はそこで被告人を現行犯として捕縛した次第であります」

マシュー様の証言は、先ほどのクロノア様の言葉と完全に一致していました。おそらくクロノア様は、マシュー様の証言をそのまま引用されたのでしょう。

「マシュー兵士。そのときのことをよく思い出していただきたいのです。被告人は、争っていたわけではない、と主張しています。あなたが聞いた声というのは、具体的にはどのようなものだったのでしょうか？」

「それはまさに鬼気迫るものでありました！」マシュー様は拳を固めて力説します。「残念ながら部屋の扉は分厚く具体的な内容までは聞き取れませんでしたが、ヒステリックな女性の声と、暴れるような物音が聞こえました。被告人は言い逃れのために嘘を吐いているに違いありません！」

　おお、という歓声が周囲から湧き起こります。マシュー様も衆目を集めてどこか興奮した様子です。王子様の遺体発見当時のことは、正直気が動転していたこともあり、記憶が曖昧ですが、確かに王子様が倒れていた周辺には争ったような形跡があったような気がします。もしかしたらそのときわたしはうっかり何かを倒したりひっくり返したりしてしまったかもしれません。主観的である点を除くと、証言自体に矛盾はないように思います。

　クロノア様が勝ち誇ったように口の端を吊り上げながら、わたしに告げました。

「如何でしょう、被告人。犯行の瞬間に立ち会った者がこのように証言しています。いい加減、罪を認めたほうが聴衆の皆さまの心証も多少はよくなるかもしれませんよ」

「……そうよ、シンデレラ！　認めればきっとクロノア様が上手く取り計らってくださるわ！　私、ハンサムな人に悪い人はいないと思っているの！」

　わたしだけに聞こえる小声で、ライラお姉様も諦めを促してきます。わたしはお姉様を無視して、クロノア様に尋ねます。

「……マシュー様にいくつか確認したい事柄がございます。質問を許可していただけないでしょうか」

「――あなたも往生際の悪い人だ。よろしい、好きなだけおやりなさい。あるいはこれが、あなたの人生に残された最後の自由かもしれないのですから」

呆れたように肩を竦めるクロノア様。何だかより追い詰められているような気はしますが、ここは避けては通れない道です。わたしは、一度深呼吸をして心を静めてから、証言台を見ます。

「マシュー様、これは念のための確認なのですが……マシュー様は本当に言い争うような声や物音を聞いたために、王子様の身の危険を察し、お部屋へ飛び込んだのですか？」

「そのとおりだ！」

「そしてそれは、我々が室内に入ってから五分ほど経過したところ、という認識でよろしいですか？」

「そうだ！　いい加減罪を認めるのだな、この魔女め！」

聴衆もマシュー様に呼応するようにわたしに罵声を浴びせてきます。でも――これで良いんです。だって、言質取りましたから。

「クロノア様」わたしは証言台から裁定官席へ視線を戻します。「ただ今の発言、お聞きになりましたね」

「それは……もちろんですが」クロノア様は訝しげに眉を顰めます。

「では、あなたほど聡明な方であれば、今の発言の重要性にお気づきのはずです。よろしいですか？　今マシュー様は、わたしと王子様が私室へ入って五分が経過したところで、争うような物音が聞こえたので中に入った、そう証言しました。そしてそこで王子様の遺体と側にいたわたしを見つけたと」

「そうですね。おっしゃるとおりです」

言わんとしていることがまだ理解できていないのか、クロノア様は怪訝そうです。

わたしは、真っ直ぐにクロノア様を見つめて言いました。

「では、逆に伺います。その場合――わたしはいつ、王子様を手に掛ければ良いのです？」

一瞬、広間が静まり返ります。誰よりも先にわたしの言葉の意味に気づいたのは、やはりクロノア様でした。わたしはそんな彼の歪（ゆが）んだ顔を見つめながら、力強く頷きます。

「そうです。皆さまよくお聞きください。わたしが王子様のお部屋へ入ってから五分後に、言い争いが始まったとします。そしてわたしは王子様を手に掛けてしまった。ここまでは良いのです。しかし、その場合――王子様のお顔を切り刻む時間がありません」

わたしの丁寧な説明に、ようやくことの重大さに気づいたらしい聴衆の皆さんがにわかに色めき立ちます。これを好機と見てわたしは捲し立てます。

「王子様を手に掛け、そしてお顔を傷つける時間も考慮するのであれば、わたしはお部屋へ入ってすぐに犯行を行うべきでしょう。しかし、入室後五分が経過するまでマシュー様は室内から不審な音を聞いていないようです。体格差のある人間を相手に、果たして不要な物音を立てずに犯行をやりおおせることなど本当に可能なのでしょうか？　そして仮にそれが可能だった場合、わたしは犯行を終えた後、素知らぬ顔で王子様のお部屋を辞すれば良いはず。そうすれば、王子様のご遺体が発見される数分の間にお城の外へ逃げることができます。少なくともわたしが犯人なのであれば、そうします。しかし、現実には五分が経過したタイミングで外のマシュー様に気づかれるような声や物音を発しています。これはどう考えても道理に適いません。つまり、わたしが捕まってしまったことそれ自体が、わたしが犯人ではないということの証左なのではないでしょうか！」

聴衆のどよめきがますます大きくなります。全員とまでは言いませんが、おそらく何名かの方は、もしかしたらわたしは犯人ではないのかもしれない、と思い始めてくださったに違いありません。ここぞとばかりに言葉を重ねようとしたところで、クロノア様が突然、鋭い声を発しました。

「お静かに！　皆さん、詭弁に惑わされてはなりません！　被告人はあくまで証言の揚げ足を取ったにすぎません！　確かに、証言がすべて事実だとすると疑問が残るかもしれません！　しかしそれは、被告人の無実を証明するものではないのです！」

口調とは裏腹に、冷静にわたしの主張を分析したのち、クロノア様はマシュー様を睨みつけます。

「証人！　よく思い出してくださいと言ったはずです！　証言は正確にお願いします！この裁判の重要性を理解できないわけではないでしょう！」

「も、申し訳ございませんっ！」

直立不動の姿勢から直角に腰を曲げて頭を下げるマシュー様。頭を上げてから弁明するように続けます。

「せ、正確に記憶していたつもりなのですが……自分も人間ですので、もしかしたら多少の記憶違いのようなものはあるかもしれません……。しかし、状況的に考えて、被告人以外の人間に、犯行は絶対に不可能なのです！」

「絶対に不可能……？」クロノア様は眉を動かします。「気になる言葉ですね。どうしてそう思うのですか？」

「自分は舞踏会が開始された時点から、事件発覚までずっと王子の私室を警備しておりました。その間、王子以外で私室へ入った者は、被告人以外にいないからであります！」

決定的なマシュー様の言葉に、再び広間は色めき立ちます。なるほど、少々見くびっていましたが、その証言はなかなかに決定的です。

しかし——決定的であるがゆえに、彼の証言には致命的な穴があるはず。わたしが犯人ではない以上、論理的に考えて彼の証言はどこかに誤りが潜んでいることになります。具体的なことはまだ見当もつきませんが……揺さぶりを掛けながら、一歩ずつ進んでいくほかなさそうです。

「証人、改めて証言をお願いします。『何故、被告人以外に犯行が不可能なのか』を」

クロノア様に促されて、マシュー様は語り出します。

「……自分は、今晩の王子私室前の警備担当でした。時間は舞踏会開始まえの午後五時から、今夜零時までです。本来であれば、王子私室は二名の兵士にて警備を行うのが常ではありますが、今晩は舞踏会ということで、城内全体の警備レベルが上がっていたこと、そして人員の都合などから、自分一人だけが警備を担当することになりました。こう言っては何ですが、王子私室は元々それほど警備上の重要拠点というわけでもないので……」

「そうですね。今となっては悔やまれますが、兵士の数に限りがある以上、それも致し方ないことでしょう。それで？」

「はい、それで自分は、午後五時から事件発生の八時過ぎまで、ずっと私室の警備任務を続けておりました。そしてその間、私室に入った者は、王子と被告人の二名のみであり、王子の部屋に近づいた怪しい者は一人もいなかったことをここに証言いたします」

「なるほど、それが事実であればこれはもう決定的と言って良いでしょう」クロノア様は満足そうに頷きます。「しかし、念には念を入れておきたい。もう少し詳細な証言をお願いできますか？　警備の間など、何か変わったことはありませんでしたか？」

「変わったこと、でありますか……。そういえば、一つだけ気になることが。実は、事件が起こる一時間半ほどまえ、一度王子と被告人がやってきて室内へ入っていったのです」

「……どういうことです？」

「いえ、具体的なことはわかりません。そのときは五分ほどで出てきました。ですのでその後、つまり事件のときですね、そのときも王子たちが室内に入るのを見て、またすぐに出てくるものと思っていました。でも、まさかあんなことになるとは……」

「心中お察しします。しかし、あなたに罪はありませんよ」

　先ほどまでの厳しい口調とは打って変わった優しい口調でクロノア様は語りかけます。おそらく決定的な証言だったので安心したのでしょう。

「ちなみに他には何か変わったことはありませんでしたか？」

「いえ、それ以外では何も。大きな物音も騒ぎもない、静かな夜でした」

マシュー様が誇らしげに証言を終えると、聴衆からは拍手もまばらに響きました。

いよいよ王子様を手に掛けた憎き下手人であるわたしを断頭台へ送ることができるので、皆さま溜飲を下げていらっしゃるのでしょう。クロノア様は勝ち誇ったようにわたしを見やります。

「被告人は、そもそもどのような理由により殿下に同行していたのですか？」

「わたしは、その……」どう返すべきか迷いますが、結局正直に答えます。「靴を、お借りしていたのです。わたしが履いてきたガラスの靴は、ダンスに向かなかったので」

「……なるほど」

クロノア様はどこか胡乱げに呟きます。もしかしたら、初めて知る存在に戸惑っているのかもしれません。女性の靴に一家言あったオリバー王子でさえ、その存在を知らなかったようですから、それも致し方ないと言えるでしょう。ガラスの靴が凶器と見なされている以上、詳しく語ることは悪手なようにも思えましたが、それでも正直に続けます。

「知人から借り受けたものですが……。とにかく、最初に王子様のお部屋へお邪魔したのはダンスに向いた靴をお借りするためですし、事件のときお邪魔したのはその靴をお返しするためだったのです。わたしはもう帰るつもりだったので……」

「しかし、事件のときは何らかの理由で口論となり、咄嗟に持っていたガラスの靴で殿下を殺害してしまったと、そういうわけですね」

「そういうわけではないです。わたしは無実です」誘導尋問には引っ掛かりません。「それより、マシュー様に確認したいことがあります。また質問の許可をお願いします」

「あなたも懲りない人だ……まあ、良いでしょう。それは正当なあなたの権利です」

すでに勝ちを確信しておられるのか、クロノア様は嘆息しますが、気にせずわたしは再びマシュー様に向き直ります。

「では、マシュー様。念のための確認に伺いますが、本当にわたしを除いて、誰も王子様のお部屋には近づかなかったと、そう証言されるのですね？」

「当然だ！　下っ端とはいえ、自分も清廉な王国兵士である！　王家に仕えるものの証、この〈双頭の鷲〉のマン・ゴーシュに懸けて、貴様以外の何人たりとも王子の私室には近づかなかったことを誓おう！」

まるで舞台俳優のような大仰な仕草で腰に下げていたマン・ゴーシュを頭上に掲げます。

勇ましいその動作に拍手と歓声が巻き起こりましたが、わたしは気にせず尋ねます。

「それでは、もう一点確認なのですが……。本当に事件以外では、大きな物音や騒ぎもない静かな夜だったのですか？　今夜は舞踏会だったのですよ？　王子様のお部屋の前は、広間からの声がギリギリ届きそうですが」

「単なる揚げ足取りだな。確かに、舞踏会場からの声は多少届いていたが、特筆すべきこともなかった。確かに静か、というのは言い過ぎたかもしれないが、騒ぎがなかったことには違いない」

マン・ゴーシュを腰に戻し、マシュー様は自信満々にそう言い切ります。

わたしは、思わず微笑んでしまいました。

「――なるほど。マシュー様、証言ありがとうございました」

「な、何を笑っているのだ、貴様。ついに罪を認める気になったか！」

マシュー様はイキリ散らしますが、それを無視してわたしはクロノア様に語りかけます。

「クロノア様、お聞きのとおりです。今、マシュー様はご自身の口から告白されたのです。わたし以外にも犯行が可能だったと」

「どういう、意味でしょう?」クロノア様は眉を顰めます。「苦し紛れの言い訳、という感じでもなさそうですが……もう少し具体的にお話しいただいてもよろしいですか?」

「簡単な話です。マシュー様は、午後五時から午後八時まで三時間、常に集中してお部屋の警備をしていたわけではない、ということです」

広間にまたざわめきが広がっていきます。好機とばかりにわたしは続けます。

「もしも、マシュー様が本当に真剣に、お部屋の警備をしていたのであれば、今のような証言をするはずがないんですよ。何故なら――午後七時過ぎには、舞踏会場でちょっとした騒ぎが起こっていたのですから」

「う、嘘だ！　デタラメを言うな、この魔女め！」

マシュー様は目に見えて動揺されます。わたしは、穏やかに微笑んで答えます。

「デタラメではないのですよ。実際――ご婦人が一人、突然倒れられたのですから」

あ、という声が周囲から漏れ聞こえます。あの惨事を、目の当たりにした人も大勢この場にはいらっしゃいます。

そうです、ジョハンナお姉様の失神騒動です。

「午後七時過ぎ――舞踏会場の隅でご婦人が倒れ、その拍子にテーブルをひっくり返して、お料理やワインが飛散してしまうというアクシデントが発生しました。そして近くにいた方々にお料理諸々が降り注ぎ、まさに阿鼻叫喚（あびきょうかん）としか言いようのない大騒ぎに発展したのです。金切り声を発した女性の方が何人もいらっしゃいました」

記憶に新しいためか、確かに、そういえばそうだった、といった声が方々から漏れ聞こえてきます。

「つまり、もし真面目にマシュー様が王子様のお部屋を警備していたのであれば、あの騒ぎを知っていなければおかしいのです。何が起きたかは知らなかったとしても、絶対に、静かな夜だったとは証言してはいけないのです！」

マシュー様に人差し指を突きつけ、わたしは力強く断言しました。

さしものクロノア様も額に青筋を浮かべてマシュー様を問い詰めます。

「いったいどういうことですか、証人！　説明してください！」

「あ、そ、それは、その……」

何が起こっているのかわからないという様子で怒鳴るクロノア様と、動揺して言葉を失うマシュー様。わたしはお二人に朗々と告げます。

「わたしが代わりにお答えしましょう。マシュー様は、ご婦人の失神騒動があったとき、別の場所にいたのです。だから、あの騒ぎを知らなかった。つまり、この証人の〈双頭の鷲〉に誓ったはずの証言は嘘だらけ！　まったく信用には値しないということです！」

「ぎゃあああああ！」
わたしの追及に——ついにマシュー様は絶叫を上げて頽れました。

4

マシュー様の変貌により、大広間はある種異様な雰囲気に包まれてしまいました。

偽証に憤る者、わたしの罪に疑問を抱き始める者、あるいは——未だひたすらにわたしの罪をなじる者。

様々な反応があるようですが、その中でもクロノア様だけが一人落ち着いていました。

「——つまり、マシュー兵士は殿下の私室警備という任を与えられていながら、その任を放棄していた時間帯がある、ということでしょうか？」

思いのほか真摯に問い掛けてきます。わたしは力強く頷きました。

「そうです。さすがにごくわずかな時間、おそらく五分程度だったとは思うのですが、その間、王子様の私室前は誰にも監視されていなかったことになります。そしてそのわずかな時間さえあれば、何者かが室内に侵入することも可能になります」

「し、しかし、殿下が実際に殺害されたのはそれよりも一時間ほど後のはずです。その間、室内に潜んでいて殿下が私室へ再び戻ってきたタイミングを見計らって殺害する、というのは物理的には可能でしょうが……実際にはありえないでしょう。事件発覚後は私室へ兵士が大勢駆けつけて大騒ぎになりました。とても逃げ出すような隙は……」

「いえ、一概にそうとは言い切れません。犯人が兵士の方がたくさんいらっしゃることを予見していたのであれば、事件発覚後にその兵士の方々に紛れてお部屋を後にすることも可能だったはず。とにかく、まだ圧倒的に情報が足りていないのです。まずは、判断を保留にして、情報収集に努めるのがよろしいかと愚考します」

クロノア様は腕を組み、難しい表情を浮かべていましたが、やがて、渋々頷きました。

「……正直私は、まだあなたが犯人であると信じています。しかし……あなたの主張にはある程度の正当性があることもまた事実です。オリバー殿下殺害という大罪を、真の意味で解明するためにも、ひとまず正確に起こったことを知る必要があると考えます。——マシュー兵士」

呼び掛けられて、マシュー様は床に頽れたままビクリと肩を震わせます。

「あなたへの責任追及はまた後ほど行うとして……そのとき、あなたはいったいどこへ行っていたのですか?」

「じ、自分は……」ふらふらになりながらも何とか証言台に縋りついて立ち上がり、マシュー様は息も絶え絶えに答えます。「も、申し訳ありません……実は一度だけ、どうしても我慢ができずに……手洗いに行っていました……」

「手洗い?」

「……はい。その、突然腹の具合が悪くなりまして……我慢したのですが、どうしても耐えられなくなってしまって、それで、五分ほど手洗いに行っていました……」

涙さえ零しながら、マシュー様は答えました。いい年をした大人の男の人が泣いているのを見るのはあまりにも忍びないのですが、しかしそれはともかく、手洗いに行っていたのであれば、あの騒ぎを知らないのも仕方がないと言えます。騒ぎが起こった時間から考えると、午後七時過ぎの前後約五分間は、王子様のお部屋に誰かが侵入することが可能だったことになります。確かわたしが靴を借りるためにお部屋へ伺ったのが、六時半過ぎくらいだったはずなので、すべてはそのあと起こったことになるのでしょうか。

「これはとても重要な確認なのですが、本当に五分だったのですか？　どうにもあなたの証言は信用ならない。十分のところ、本当はサバを読んでいるのではありませんか？」

「と、とんでもない！」慌てたようにマシュー様は否定します。「今度こそ、天地神明に誓って本当です！　自分にも、任務を与えられた兵士としてのプライドというものがありますので……！」

「……わかりました。では、今度こそ信用しましょう。しかしマシュー兵士。任務中に手洗いのため席を外すことがあなたにはよくあるのですか？」

「い、いいえ。腹の強さだけは自信があったのですが……どういうわけか今夜に限って……。こんなことは初めてだったので、その、自分も驚いてしまって……」

「……それで嘘の証言をしたわけですね。まあ、その件は今は良いでしょう。しかし、今夜に限って体調を崩すというのは、少々気掛かりです。何か変わったものでも召し上がったのですか？」

　クロノア様は腕組みをしながら尋ねます。マシュー様は悲しそうに顔を歪めました。

「そう言われましても、変わったものは特に……強いて言うならコーヒーくらいですが」

「コーヒー？」

眉を顰めるクロノア様の言葉に、マシュー様はまたビクリと肩を震わせました。まるで失言を後悔しているようにも見えます。当然そのような変化をクロノア様が見過ごすはずもなく、彼は鋭く追及します。

「マシュー兵士！　いったいいつコーヒーを飲んだのですか！　まさかあなたは手洗いだけでなく、任務中にコーヒーを飲むためにも席を外していたのではないでしょうね！」

「め、滅相もありません……！」マシュー様は慌てて両手を振ります。「ただ、その……あの……た、大変申し上げにくいのですが……さ、差し入れをもらいまして……」

「差し入れ？　何のことです？」クロノア様は鋭く睨みつけます。

「あ、その、に、任務中に、コーヒーを一杯だけ差し入れられて……」

「誰に？」

「え、えっと、その……ローリーに……」

とても言いにくそうに、マシュー様は答えました。

「ローリーとは何者ですか？」

「王城で働く使用人の女性です……その、一ヶ月ほどまえに入った新人の子なのですが、親しくさせていただいていて……」

申し訳なさそうに俯く(うつむ)マシュー様に、わたしは尋ねます。

「あの、すみません。そのローリー様から頂いたコーヒーを飲んだらおなかを壊したということですか？」

マシュー様は渋々といった様子で頷きました。これは、新たな証人を召喚する絶好の機会です。わたしはクロノア様に進言します。

「如何でしょう？　これはそのローリー様からもお話を伺ってみたほうがよろしいかと思うのですが」

「――そう、ですね」口元に手を添えて、クロノア様は答えます。「何か事件を覆すような証言を得られるとも思えませんが、念のため確認をしておいたほうが良さそうです。すぐに召喚の準備を整えます」

そう言ってクロノア様は部下と思しき兵士の方に指示を出しました。

先ほどまでは首の皮一枚繋がった、というところでしたが、少しずつ光明が見えてきたような気がしてきました。まだ安心できる状況ではありませんが、このまま誤ることなく進み続ければ、何らかの道が拓けそうな予感があります。

五分ほど経過したところで、マシュー様に代わって、証言台には給仕服を纏った妖艶な美女が立たれました。給仕服のみで、アクセサリィ一つとして身に着けていないのですが、それが逆に彼女の美しさを際立たせています。この方が、先ほどのお話にも出てきたローリー様なのでしょう。スタイルも良く、どこか魔性の女という雰囲気が漂っています。ライラお姉様とは正反対のタイプです。しかし……彼女の立ち姿に何故か違和感を覚えます。

何かが足りないような……？

ローリー様は、肩に掛かる髪をコケティッシュに払いながら、この状況でも落ち着いた様子で口を開きました。

「――いったい、何の騒ぎでございましょう。わたくしのような一使用人が、王子様暗殺などという大罪に関わっているはずございませんでしょうに」

「ローリーさん。あなたに伺いたいことがあります」クロノア様は、妖艶な美女を前にしても眉一つ動かさずに淡々と職務を全うされます。「警備任務中のマシュー兵士にコーヒーの差し入れをしたというのは事実でしょうか？」

「ええ、事実ですわ」あっけらかんと、ローリー様は答えます。「わたくし、こう見えて好いた殿方には尽くすタイプですの」

「では、マシュー兵士とお付き合いをされていたと？」

「あら、クロノア様、真面目そうなお顔をしてそんなことが気になるんですの？」

挑発するようにローリー様は目を眇めてクロノア様を見やりますが、睨み返されてすぐに肩を竦めます。

「まあ、怖い。軽い冗談ですのに。わかりました、正直にお答えします。そんなに深い仲ではありませんでしたわ。ただ少し気になる殿方だったので、お近づきになろうとしていただけですわ。この国では、平民の自由恋愛を禁じておられましたて？」

「……いえ、そうではありません」やりにくそうにクロノア様は顔を歪めます。「ですが、任務中の兵士に飲食物を渡す行為は禁止されています。毒でも仕込まれたら事ですから」

「あら、そうでしたの？　わたくし、軍人ではないので知りませんでしたわ」わざとらしく戯けてみせます。「それに毒を仕込むなんて物騒な……まさかクロノア様は、わたくしがマシュー様に毒入りのコーヒーをお出ししたと、そうおっしゃるのですか？」

「……そこまでは言っていません。しかし、可能性はゼロではないのでこうしてあなたにお話を伺っているわけです」

「そうでしたか、わたくしてっきり、そちらの殺人犯の方から罪を着せられているのかと思いましたわ」

今度は、獲物を見据えるような鋭い視線でわたしのことを睨みつけます。普通の女性であれば震え上がってしまうほどの殺意と悪意に満ちた視線ですが、わたしは平然とそれを受け止めて切り出します。

「今のところあなたを疑っているわけではありません。しかし、確認のために伺いたいことがあるのです」

「今のところ、ね」ローリー様は舌なめずりをするように唇を湿らせます。「まあ、良いでしょう。拒否権はないようですし。スリーサイズから男性遍歴まで何でもどうぞ」

マシュー様とは異なり、ご自身に絶対的な自信を持っているタイプのようです。先ほどのような揺さぶりは通じないかもしれません。わたしは攻め方を少し変えます。

「マシュー様への差し入れ、というのはよくなさるのですか？」

「そう、ですわね。先ほども申し上げましたとおり、わたくしこう見えて尽くすタイプですの。殿方が喜んでくださることであれば、何でもいたしますわ」

ちろりと、赤い舌を覗(のぞ)かせてローリー様は笑います。何ともやりにくいです。

「……そのとき、マシュー様は、差し入れを快く受け取りましたか？」

「ええ、それはもちろん。きっと退屈な任務に辟易(へきえき)していたのだと思いますわ。五分ほど楽しくお話をしながらコーヒーを味わっていただいて、飲み終わったところでカップを受け取ってわたくしはその場をあとにしました」

「ちなみにその時刻は覚えていらっしゃいますか？」

「さあ……はっきりとは。でも、七時まえだったとは思いますわ」

その後、七時過ぎにマシュー様がおなかを壊してお手洗いに行ったとすると矛盾はなさそうです。

「マシュー様がコーヒーを飲んでいた間、どなたか廊下を通りかかった方はいましたか？」

「いいえ、どなたも。何せわたくしとマシュー様の秘密の逢瀬(おうせ)ですもの。誰にも邪魔はさせませんわ――と申し上げたいところですが、実はお一人だけいらっしゃいましたわ」

「それはどなたですか？」

「ケヴィン王子です」

意外な人物の登場に、聴衆の皆さまもどよめきます。オリバー王子とケヴィン王子はあまり仲がよろしくない、という噂は、国民ならば誰もが一度は耳にしたことのあるものです。ただ実際にお二人の会話を目の前で拝見した所感では、それほど険悪という印象は抱きませんでした。確かに、すごく仲が良いという感じではありませんが、何というか男兄弟特有の距離感、気のおけなさのようなものを見た気がします。

ただ、それにしてもケヴィン王子の行動は不可解です。六時半過ぎ、オリバー王子のお部屋の近くで一度お目に掛かったというのに、三十分もせず、再び王子様のお部屋の近くを歩いておられるというのはどういうことなのでしょうか。まるで――王子様のお部屋に入る機会を窺っているような――。

「被告人、関係のない話題で審理を無駄に長引かせるのはやめてください」

さすがにケヴィン王子の名前まで引き合いに出されたら静観できないと判断したのか、クロノア様がさりげなくわたしを批判して質問を遮ります。

「状況的に考えて、ローリーさんが怪しいことは私も認めるところです。マシュー兵士に下剤入りのコーヒーを飲ませて、彼が手洗いに駆け込んだ隙に殿下の部屋へ忍び込んだと考えれば、彼女にも殿下を殺害する機会があったことになるのですから。しかし、やはりその可能性は極めて低いと言わざるを得ません。何故なら、殿下の部屋に身を潜めて、その後殿下が私室へ戻った際に殺害したと仮定して――その場合、いったいどうやって私室から逃げ出すのですか？　先程は兵士に変装して云々というようなことをおっしゃっていましたが、やはりそれは現実的ではないように思えます。そのあたりを説明できない以上、ローリーさんへの追及をこれ以上続けることは認められませんよ」

さすがはクロノア様、的確にわたしの主張の急所を突いてきます。そう、確かにローリー様であれば、王子様のお部屋に隠れ潜むことで、わたしたちがお部屋に戻った際、王子様を手に掛けることが可能でしょう。しかし、その後わたしやマシュー様が入口付近にいる中、いったいどのようにしてお部屋から姿を消したのかという問題が出てきます。

わたしたちに気づかれないように、ドアを通って外へ出ることは絶対に不可能なはず……。ここまでは何とか言い掛かりと揚げ足取りで奇跡的に上手くいきましたが、これ以上はもう無理かもしれません……。

「ちょっと、シンデレラ！　本当に大丈夫なの？」

　ライラお姉様が小声で尋ねてきます。

「正直、旗色が悪いですね……」

「そんな……！　いつもの屁理屈で何とかならないの……！」

「そうですね……本来であれば、屁理屈で相手を揺さぶって重要な証言を引き出す以外に道がない状況なのですが、今はそれすら封じられてしまいました。完全に詰んでいます」

「いつもみたいに何とかしなさいよ！　せっかくここまで良い感じだったのに！」

　お姉様は我がことのように悔しがり、目元に涙すら浮かべます。

「それにクロノア様も酷いわ……！　誰にも気づかれずに王子様のお部屋から逃げ出すなんて、そんな魔法みたいなことできるはずないのに……！」

「…………？」

　お姉様の言葉が、何故か頭の片隅に引っ掛かりました。いえ、お姉様の発言が間違っているわけではないのです。実際、そんな魔法みたいなことできるはずありませんし。

　しかし、それでも何かが引っ掛かりました。わたしは周囲の情報をシャットアウトして、思考を巡らせます。

　遺体の状態や現場の状況を今一度頭の内に描き出し——それからようやく引っ掛かりの正体に思い至りました。

「——お姉様」

「な、なによ」

涙声でこちらを睨みつけてきますが、わたしは微笑みを返します。

「やはりお姉様に宣誓者をお願いして良かったです」

「なにがよぅ……気休めは止して……」

わたしはお姉様にハンカチを差し出してから、クロノア様に向き直ります。

「クロノア様。ローリー様が王子様の私室から逃げ出す方法が、一つだけ存在します」

「何ですって？」

クロノア様は胡乱げに眉を吊り上げました。わたしは意を決してそれを口にします。

「魔法を使ったとしたら、どうでしょう？」

その言葉に、再び聴衆にどよめきが走りました。

「魔法使いの方は、〈幻術〉と呼ばれる魔法が使えると聞き及んだことがあります。それを使えば、他人になりすましたり、あるいは人間以外の小動物に変身して、現場から脱出することも可能なのではないでしょうか」

この切り返しは想定外だったのか、クロノア様は目に見えて動揺します。

「し、しかし、魔法を使った犯罪など聞いたことがありません……いくら何でもそれは言い掛かりが過ぎるというものでは……？」

「魔法を使った犯罪は、なかったのではなく、認知されなかっただけなのでは？　仮に魔法が使われたならば、簡単に他人に罪を着せられるのですから。これは、魔法を使った犯罪にも対応できるよう司法を見直す良い機会なのではないでしょうか」

ある意味、法治国家という王国の在り方の一部を批判するようなものです。当然周囲からは、何様のつもりだ、言い逃れは止めろ、今すぐ首を刎ねろ、といったわたしを非難する声が無数に上がりますが、しかし論理性という意味では無視できなかったのか、クロノア様が渋々といった様子で応じます。

「——確かに、酷い言い掛かりではありますが、一方で一笑に付すことのできる議題でもなさそうです。それに私も魔法にはあまり詳しくない……。裁判長！　ここは王宮魔法使い殿に出廷いただいて、専門家からのご意見を賜りたいと存じます」

怖い顔の裁判長サイラス様は、一拍おいてから、低い声で答えました。

「……許可する。ただし、審理が冗長になっている。重要な部分だけまとめるように」

「御意に」

クロノア様は王宮魔法使い様にお越しいただくよう、部下に言いつけました。これでまた何とか首の皮一枚繋がったという感じですが……果たして本当に正しい方向に進めているのでしょうか……。

結論の見えない議論に胃を痛めながら、わたしは不安を紛らすために隣で小さく震えているライラお姉様の手をぎゅっと握るのでした。

5

次に証言台に上がった方は何とも異様な気配を纏っていました。

頭からすっぽりと漆黒のローブを被っており、お顔を窺うことは叶いませんが、右手に何やら怪しげな装飾の施された杖（つえ）のようなものを携えており、その尋常ならざる様相は数時間まえに出会った魔法使いアムリス氏を彷彿とさせます。

「王宮魔法使い殿、お忙しいところご足労いただき誠にありがとうございます」

　クロノア様は恭しく頭を下げられました。

「なに、構わぬよ」魔法使い様は嗄（しわが）れた威厳のある声で応えます。「王室の一大事じゃ。王宮魔法使いとして、儂（わし）もできる限りのことはしようぞ」

「恐れ入ります」

　先ほどまでとは異なり、クロノア様は明らかな畏怖の念を込めて再び頭を下げました。そういえば聞いたことがあります。王宮魔法使いとは国の行く末を左右するある種、王族に次いで重要な存在であると。

「それではルーナ様。魔法のご説明をいただいても構いませんか？」

「うむ、良かろう」

　魔法使い様――ルーナ様はローブの下で重々しく頷かれました。名前からして女性のようです。老成した女性の魔法使い――何となくですが、アムリス氏よりもよほど魔法使い然としており、畏敬の念が湧いてきます。

「――魔法とは、簡単に言うならば、偽りの現実を顕現させる術じゃ。〈幻術〉とも言い換えられる。これを行使するには、生まれ持った才能と、血の滲（にじ）むような努力を必要とする。誰にでも、おいそれとできるものではない」

「具体的には魔法でどのようなことが可能なのですか？」

「ふむ、そうであるな……。たとえばそなたを一時的に女にしたり、まったく別の見た目に変化させることも可能じゃ。しかし、おぬしを別の小動物に変えたりはできない。そして偽りの現実は、いずれ必ず破綻を来して元の姿へと戻る。術が作用する時間は、術者の力量や術の難度によって変わるが……並の術者であれば、もって小一時間が限界というところじゃろう」

確かアムリス氏は、ネズミを従者に変化させられるほどの魔法使いは自分だけだ、ということをおっしゃっていました。どの程度の信憑性かは定かではありませんが、少なくとも一般的な魔法使いの認識としてはルーナ様がおっしゃっていることが正しそうです。それにしても、発言者が異なるだけでここまで信憑性が増すのは驚きです。

「ではその……決して魔法使い殿を愚弄するわけではないのですが……。客観的な事実として、オリバー殿下を殺害した何者かが魔法により別人に成り変わり、現場から逃げ出すということは、可能なのでしょうか……？」

「うむ、まあやろうと思えば、可能であろうな」

自信ありげにそう断言されます。まさか前代未聞の魔法が使われた犯罪なのかと、ざわめきが起こりますが、ルーナ様は悠々と杖を掲げて聴衆を静めます。

「じゃが、あり得ぬ。少なくとも、王子殺害には魔法は一切使われておらぬ」

「そ、それは何らかの根拠があっての発言なのでしょうか……？」

クロノア様はまさに恐る恐るといった様子で尋ねます。ルーナ様は大仰に頷きました。

「無論じゃ。これを見るが良い」

ルーナ様はローブの下からガラスでできた球のようなものを取り出しました。

「これは、魔法を探知する水晶玉じゃ。この王城内で、儂に無断で魔法が使われることのないよう、儂はいつも目を光らせておる。そして今夜、王城内では一切の魔法が使われていない。畢竟、王子殺害にも使われていないということじゃ」

おお、という感嘆の声がそこかしこで上がります。

これは……予想していなかった展開です。やはり苦し紛れに魔法なんて不確かなものを引き合いに出したのは間違いだったのでしょうか……。

冷や汗を流すわたしに、クロノア様はどこか勝ち誇ったような表情を向けます。

「――王宮魔法使い殿はこのようにおっしゃっていますが……如何しますか、被告人。これ以上無礼を働くまえに、そろそろ罪を認めては？」

「……生憎と、認める罪を持ち合わせていないので無理ですね。それより、わたしからもルーナ様にお尋ねしたいことがあります。質問を、許可いただけないでしょうか？」

「……まあ、良いでしょう。決してご無礼のないように」

クロノア様は苦々しいお顔をされています。法律上、被告人であるわたしには証人に対して質問が許可されているので、まさに仕方なくといった感じなのでしょう。

しかし、質問の機会が与えられても何か起死回生の作戦があるわけではありません。また先ほど同様、苦し紛れの言い掛かりで時間を稼ぐしかなさそうです。

「それではお尋ねします。まず根本的な部分からの確認をさせていただきたいのですが……そもそもあなたの発言の信憑性に担保はありますか？」

「ひ、被告人！　いきなり何を！」

　無礼を働くなと言われてすぐに無礼を働くわたしに、クロノア様は悲鳴に近い声を上げます。しかし、これは極めて重要な確認です。何せわたしの命が懸かっているのですから。

「どうかご無礼をお許しください、ルーナ様。わたしは決して、あなたの証言を疑っているわけではありません。しかし、現状お城には魔法への造詣が深い方はルーナ様お一人しかいらっしゃらないのです。つまり、あなたの言葉をそのまま鵜呑みにするしかない状況にあります。これは逆に言うならば、あなたは嘘を吐こうと思えばいくらでも嘘を吐けるということになります。ですからわたしは、あなたのお言葉が真に正しいものであると確信できる担保がほしいのです。もし何かございましたら、ご教示いただければ幸いです」

「……極めて不敬ではあるが、寛大な心で許してやろう。そなたも必死のようじゃしな」

　どこか無理をしたように余裕を見せてから、ルーナ様は続けます。

「まず、儂の言葉の信憑性じゃが、これは他の魔法使いに確認を取ってもらえれば簡単にわかることじゃ。仮に明日にでも確認を取って、もし一つでも儂の言葉に嘘が隠れていたことが明らかになったのであれば、その時点で儂を処刑すれば良い。嘘を吐くというのは王家に仕える者として、最も恥ずべき行いじゃ。その自信と誇りに懸けて、儂は真実を語っていることをここに宣言しよう」

　……なるほど。正直、信憑性の担保とまでは言いませんが、少なくともこの王宮魔法使いの老婆が、真剣にこの問題に取り組もうとしていることは理解できます。

「そして、実はこの水晶玉は情報を記録することも可能なのじゃ。実際、今夜城内で魔法が使用されたかどうかはしっかりと記録されておる。外部の魔法使いにこの水晶を調べさせれば、儂の言っていることが真実であると確認できよう」

「ちなみにその水晶玉に記録された情報を改竄することは……？」

「当然不可能じゃ。この水晶玉は儂のお師匠様にして、偉大なる先々代の王宮魔法使い様がお作りになったもの。先々代は五十年にもわたり王家に仕えた世界最高の魔法使いじゃ。ゆえにその発明品に、我ら凡俗な魔法使いが手を加えることなど世界が終わったとしても不可能じゃ」

ふむ。やはり嘘は言ってなさそうです。わたしは質問の方向性を変えます。

「では、魔法が使われていない、というのはどのレベルで使われていないのでしょうか？」

「どのレベル、とは？」

「一言に魔法と言っても、色々なパターンがあると、先ほどルーナ様はおっしゃっていました。たとえばですが、お城の外で魔法を掛けられ、変化した何らかのアイテムがお城の中へ持ち込まれたりしても、そちらの水晶玉はちゃんと反応するのでしょうか？」

これは揺さぶりです。現にわたしは外で服に魔法を掛けられ、このお城へ来ています。もしも反応するのであれば、ルーナ様が嘘を吐いていることになります。

ルーナ様は少しだけ黙りこくってから、低い声で答えました。

「……その場合は、反応せん」

なるほど。どうやらルーナ様の証言は信用できるようです。

「では同様に、お城の中で魔法が解けた場合は如何でしょう？　その場合、水晶玉は反応するのでしょうか?」

「……その場合も、反応はせん。あくまで水晶玉は、城内で魔法が使われた場合にのみ反応し、その情報を記録する」

わたしは今教えていただいたことを頭の中で整理していきます。

魔法が使われていない、ということは少なくとも、ローリー様が魔法で兵士や小動物に変身して王子様のお部屋から逃げ出した、という仮説は棄却されます。しかし、だからといって百パーセント、魔法が関わっていないとも言い切れないはず。一応、道はあるのですが……問題はどのように切り出すかということです。

「もう一つだけ、教えていただけませんか。実は、今お話を伺っていて気になったのですが、先々代の王宮魔法使いの方は、とても優れた魔法使い様だったのですよね?」

「そうじゃ、当代随一、世界最高の魔法使いじゃ」ルーナ様は自慢げに胸を張ります。

「では、質問なのですが、その世界最高の魔法使いの方でも、人間を動物に変化させたり、あるいは動物を人間に変化させたりといったことは、絶対に不可能なのでしょうか?」

「ふふん、先々代を馬鹿にするでないぞ。先ほどはそう言ったが、先々代ならば造作もない。幻術を応用して、生き物の寿命を長くしたり、現実を拡張して未来を見たりもできるぞ。先々代の一番弟子であり、去年まで王宮魔法使いを務めておられた先代のモルガナ様は特に予言の力に秀でていたが、そんな先代でさえ人間を動物に変化させるという先々代の秘奥義は習得できなかったと聞く。……いや待て。おぬし、何が言いたいのじゃ?」

誇らしげに先々代を語っていたルーナ様でしたが、一転して不機嫌そうに、暗いローブの奥から鋭い眼光を覗かせます。正直恐ろしいので、普段ならば穏便に対処するところですが、今は命が懸かっています。わたしは真っ直ぐにその目を見返して続けます。

「つまり、です。たとえばその先々代の魔法使い様が、お城の外でネズミか何かを魔法で人に変化させて王子様を暗殺し、その後魔法を解いて部屋から脱出させたとすれば、諸々の問題は解決するのではないでしょうか？」

「なあ――ッ！」

ここへ来て初めてルーナ様は、余裕を失い動揺を見せました。動揺したということは、それなりに理屈が通っているということでしょうか。わたしは直感とロジックを信じて続けます。

「王子様のお部屋に警備が付いていなかった時間帯がわずかにあることは、先刻証明したとおりです。差し入れの件が偶然か必然かはまだ判断がつきませんが、いずれにせよ何者かが王子様のお部屋に侵入する機会があったことは紛れもない事実です。そして先々代の刺客はその隙に室内へ侵入し隠れ潜み、その後王子様が戻ってきたタイミングで殺害し、それから魔法を解いて元の小さな姿に戻り悠々とお部屋を脱出したと考えれば……わたし以外の人物にも犯行が可能だったことになります」

「貴様！　言うに事欠いてお師匠様を愚弄する気か！　子豚に変えてやるぞ！」

「おや？　ルーナ様にもそのような魔法が可能なのですか？　ならばあなたも容疑者の一人になりますね」

杖を振りかぶり怒鳴るルーナ様に、わたしは冷静な言葉を返しました。さすがに黙って見ていられなくなったのか、クロノア様が割って入ります。

「お、お待ちください、お二人とも……！　ルーナ様もどうか、何とぞお怒りをお鎮めください……！　被告人も発言には気をつけなさい……！」

　割と本気で怒ったようにクロノア様はわたしを睨みつけます。

「先々代の王宮魔法使い殿は、二十年ほどまえまで長らく王室に仕えてくださったとても偉大なお方です。高齢のため隠居されましたが、今でもその影響力は絶大です。そんなお方を、あなたは公然と批判なさったのです。これは王室批判と捉えられても仕方のない暴言です。その身を案じるのであれば、今すぐに発言を取り消し、深く謝罪を――」

「身を案じる？　何を暢気(のんき)なことを言っておられるのですか、クロノア様。わたしは今、明朝斬首に処される瀬戸際にいるのですよ。先のことなど考えるだけ無駄です。そんなことよりも、わたしはたった今、わたし以外の人間にも犯行が可能であることを示しました。今度はそちらの番です。わたしの発言を検討する義務があるかと思いますが」

「し、しかし……そうは言っても……」

　クロノア様は迷いを見せます。これが真に検討しても良いことなのかどうか迷っておられるのでしょう。そして、無下にするには少々論理的に過ぎると悩んでおられるはず。

　あと一押し――微(かす)かに開けた未来に希望を抱きそうになったまさにそのとき。

　――カンッ。

　硬質な木槌(きづち)の音が、響き渡りました。誰もが驚いて、審判席に視線を移します。

　その先には、法の頂点、〈鉄腕サイラス〉と畏れ敬われるサイラス様が、不快そうに眉(み)

間に皺を寄せてわたしを睥睨していました。思わずすくみ上がるほどの威圧感です。

「――もう、十分だ」

クロノア様でさえ口を噤み、不安げな面持ちで自らの上司を見つめる中、サイラス様は低い声で告げます。

「いい加減、その耳障りな屁理屈には辟易した。被告人は無駄に審理を長引かせるばかりで、決定的な無実の証明に失敗した。それが事実だ」

「お、お待ちください！　まだ失敗したわけでは――」

「静まれ！」

わたしの反論は強い言葉で一喝されました。

まずいです……！　これまでは、屁理屈を重ねることで何とか無実を証明しようと試みてきましたが、唯一の武器である言葉を封じられては何もできません……！

鉛のように重たい空気が満ちる中、サイラス様は淡々と述べます。

「オリバー殿下の無念、そして我らが国王陛下の怒りと悲しみを前に、これ以上の茶番を続けることはできない。よって、ここに審判を下す！」

――カンッ！

一際高く木槌の音が轟きます。

「被告人、エラ・ジェファーソン。オリバー殿下殺害という大罪により、死刑に処す！」

サイラス様は再び大きく木槌を振りかぶりました。

酷く時間の流れが遅く感じます。

ゆっくりと振り下ろされる木槌。

ああ、という諦観の声が漏れます。

せっかくここまで来たのに。あと少しで希望が見えそうだったのに。

残念で――なりません。

半ば無意識に傍らのライラお姉様に視線を移します。

お姉様は、不安げな涙目でわたしを見上げていました。

ああ、なんて愛(いと)おしい――。

神様、わたしはどうなっても構いません。ですが、せめてライラお姉様やトンプソン家の皆さまだけは、お救いくださいませ――。

柄にもなく神様に祈りを捧げたところで――。


「し、審理の途中、失礼いたします！」


突然、そんな大声が広間中に響き渡り、サイラス様は反射的に木槌を止められました。

ゆっくりと流れていた時間が、本来の速さを取り戻していきます。

広間に居た全員が、声の方向――すなわち出入口に向かいます。

そこには、お城の一般兵の方が敬礼をして立っておられました。

「判決の最中であるぞ！　下がれ！」

サイラス様は乱入した兵士の方を一喝します。その威圧を真正面から受けたためか、ビクリと大きく身体を震わせますが、それでも兵士の方は敬礼を崩さずに大声で答えます。

「火急の知らせでございます！　どうかご報告をお許しください！」

「――わかりました、許可します」サイラス様に代わりクロノア様が応じました。「しかし、今は極めて重大な審理の最中です。手短にお願いします」

「ハッ！　ありがとうございます！」

改めて敬礼をした後、兵士の方は広間中に聞こえる大声でそれを告げました。

「じ、実はその……オリバー王子の遺体が別人のものであると断定されました！」

一瞬、空気が無くなってしまったのかと思えるほどの沈黙が満ち――次いで、本日最大のざわめきが広がりました。

それほどまでに、埒外（らちがい）な報告。

さすがのクロノア様も予想外の言葉だったのか、目に見えて狼狽（うろた）えています。

「ま、待ってください。意味がわからない……。それは本当なのですか……？」

「はい、間違いありません！」兵士は全身を震わせながら答えます。「医療班からの報告で、遺体をよく調べた結果、オリバー王子のものとは異なる身体的特徴が多数認められたとのこと。総合的に判断し、遺体はオリバー王子ではないと断定されました！」

「で、では、いったいどなたの遺体だったと言うのですか……？」

「不明です！　少なくとも事件後の点呼時、今夜城内で仕事を与えられていたすべての使用人、兵士、そして来訪者は存在が確認されています。つまり外部の人間であることはほぼ間違いないかと！」

「あ、あり得ません！　今夜は城中が特別厳重な警備態勢を敷いていたはず！　何者かもわからない部外者が城内に侵入し、あまつさえ殿下の私室で亡くなっていたなど、王室の安全を脅かす一大事ですよ！」

焦ったように早口で捲し立てるクロノア様。兵士の方も困ったように応じます。

「し、しかし、そうは言われましても実際にそうとしか考えられない状況でして……」

「では、被告人とともに私室へ戻った殿下は、いったいどこへ消えてしまったのです！」

クロノア様の問い。当然、一兵士に答えられるものではありません。

しかし——。

「一つだけ、解法があります」

また広間中の視線がこちらへ集まります。この機を逃す手はありません。

「クロノア様。まず大前提として確認しておきたいのですが……舞踏会に出席されていた王子様は——本物の王子様ですよね？」

「そ、それはもちろん……そのはずです。私は、今夜は直接お目に掛かっていませんが、いつもと違ったならば必ず誰かが気づきます」

廊下でケヴィン王子と出会ったとき、ケヴィン王子は自然体でオリバー王子に接していたように見えました。つまりいつも王子様を見ている他の人から見ても、立ち居振る舞いに特別な違和感はなかったことになります。

「ならば当然、わたしが同行した方もまた、本物の王子様ということになります。そして、王子様のお部屋には、王子様の格好をした王子様ではない別人の遺体が放置され、本物の王子様はそのまま忽然（こつぜん）と姿を消してしまった」

「……観測事象をそのまま並べ立てると、そういうことになりますね。はっきり言って理解不能なのですが……」

「そうでしょうか？　むしろ問題はより簡単になったと思いますが」

「……どういうことです？」

「一旦、本物の王子様が姿を消した件は脇に置いておいてください。そうすると殺人事件のほうはとてもシンプルなものになります。マシュー様が警備からいなくなった隙に、何者かが王子様のお部屋へ侵入し、そこにいた王子様の格好をした王子様ではない何者かを殺害し、マシュー様が戻ってくるまえにお部屋を出たというだけなのですから」

「それ、は――」

何か言いたげに、しかしクロノア様は言葉を呑みます。

何故、そして、誰が誰を、という問題は残りますが、厄介だった不可能性は消失し、ごく一般的な殺人事件に変容しました。

さらには、それが事実だとした場合、事件が起きた頃合い、わたしは広間で暢気に食事を楽しんでいました。特に誰かと言葉を交わしたわけではありませんが、王子様とのダンスでみっともない姿を衆目に晒したあとだった上に、こんな目立つ深紅のドレスを着ていたのですから、広間にいた誰かしらには姿を目撃されているはず。そしてその目撃証言は、強固なアリバイになります。

　つまり――わたしにはどうあっても犯行は不可能ということ。

　しかし、それを認めてしまっては、この裁判の意味そのものがなくなってしまいます。国内外へ法治国家としての存在感をアピールするために強行したスピード裁判なのに、それが実際には無実の人間を処刑しかけるという法治国家にあるまじき人権意識の低さを露呈してしまったというお粗末な結果では、批判は必至。

　法の番人として、クロノア様は、それを認められないのでしょう。苦しそうに顔を歪めながら反論してきます。

「し、しかし……それならば、殿下の失踪はどのように解釈するのですか……？」

　その言葉に――わたしは思わず笑みを零します。

　ようやく……ようやくその質問を引き出せました。長く険しい道のりでしたが、ようやく希望に辿り着いたというところでしょうか。

　わたしは穏やかな笑みを湛えて答えました。

「クロノア様。論理的に考えて、答えは一つしかありません。つまり――王子様の私室には秘密の抜け穴があるのです」

　また一段と大きなざわめきが起こりました。サイラス様は木槌を何度も打ち鳴らして聴衆を静めようとしますが、皆さんその音も聞こえない様子。

　今やこのわたしを吊し上げるためだけに行われていた裁判は、まったく異なる様相を見せつつあります。おそらく聴衆の皆さまも判断に迷っているのでしょう。

被告人席に立つこの人は、実は無罪なのではないか――と。

「ぬ、抜け穴なんてそんな……あまりにもご都合主義が過ぎます……！」

すっかり立場が逆転して、クロノア様のほうが追い詰められているようにも見えます。

「絶対にないと本当に言い切れるのですか？　オリバー殿下は王室の未来を担う大切なお方。仮にお城が他国からの侵略を受けた場合などに、秘密裏に逃げ出すための抜け穴を私室に隠すことは決して不自然なことではないように思います。第一、論理的に考えて、それ以外に王子様が姿を消せる方法がなさそうなことは、クロノア様も認めるところではないのですか？」

「それは……」

再びクロノア様は言い淀みます。一方的な暴論ですが、少なくとも現状、それを否定できるだけの材料がないのもまた事実です。

「お部屋に戻った王子様は、奥で遺体を発見しました。何者かが、王子様の暗殺を目論んでいることは火を見るよりも明らかです。そこで身を案じてこっそりと抜け穴から逃げ出した――こう考えれば、矛盾はありません。そして現状、それを否定する材料もない」

次いでわたしは、審判席に視線を向けます。

「サイラス様。このまま審理を進行することが極めて困難であることは、サイラス様もお気づきのことでしょう。当初は、現行犯による簡単な事件と思われていたようですが……どうやら意外と複雑な構造をしているようにも思えます。いえ、それすらも確言できません。何せ十分な捜査が行われていないために、事件に関する情報がほとんどないのですから。法治国家のあるべき姿として、本当に真実を明らかにする意思があるのならば、一度ここで審理を中断して、詳細な捜査を行い、その上で改めて審理の再開をすべきであると提言いたします」

感情的になり、本来必須であるはずの捜査を怠り、結果、肝心の裁判そのものを疎かにした王国の体制を批判する言葉は、法のトップにいるサイラス様の御身には応えることでしょう。

忌々しげにこちらを睨みつけながらも、これだけの聴衆を前にしてわたしの正論を無下にはできないと判断したのか、サイラス様は苦み走った顔で答えます。

「――確かに勇み足であったことは認めよう。被告人には申し訳ないことをしたという気持ちもないわけではない。だがしかし――だからといって、これは決して被告人の無実を認めたということではない。何らかの詐術を用いて、殺人を行った可能性は否定できないのだからな。ゆえに――異例のことではあるが、捜査が必要であるとの言い分を認めここで一時間の休憩を設ける。その間に捜査を進めておくように。これが、こちらにできる最大限の譲歩だ」

わずか一時間でも未来に希望を繋げられたのは大きな前進です。譲歩であれ何であれ、拒否する理由はありません。わたしはその場に跪き、深く頭を下げます。

「――お心遣い、感謝いたします。必ずや、王子様を殺めた不逞の輩を、サイラス様の前に突き出してお見せいたします」

「よろしい」

カンッ、と乾いた木槌の音が一際大きく木霊しました。

「これより一時間の休憩に入るものとする。聴衆の方々には熱い紅茶をご馳走しよう」

サイラス様のお声をどこか意識の遠くで聞きながら、わたしは何とかギリギリのところで生き延びられたことに、安堵のため息を吐いたのでした――。

第3章　シンデレラ、捜査をする

1

「シンデレラ！　よくやったわ！　あんたやっぱり屁理屈の天才ね！」

被告人控え室へ戻るや否や、ライラお姉様がわたしの無事を我がことのように喜びながら抱きついてきました。わたしは、抱き締め返したいのを必死で堪えながら、お姉様の二の腕のあたりに手を添えてそっと身体を離します。

「ありがとうございます、お姉様。でも、まだ何とか首の皮一枚繋がっただけなので」

そうなのです。手放しで喜べる状況では決してありません。登山で言うならば五合目あたりでしょうか。まだまだ気を引き締めていかなければならないところです。

「ご、ごめんなさい……！　私だけ喜んでしまって……！」

「良いんですよ。お姉様が喜んでくださるだけで、力が湧いてきますから」

そう答えるとお姉様は急に赤面し、不機嫌そうにそっぽを向きました。

「ふ、ふん！　別にあんたのために喜んだんじゃないんだからね！　あんたがいなくなったら代わりに私が家事をしなくちゃいけないから、まだその心配をしなくていいことに喜んだだけなんだからね！　勘違いしないでよね！」

素直じゃないところも可愛いです。

さて——気持ちもリフレッシュしたところで、早速本題に取り掛かりましょう。あまり時間は残されていないのですから。

懐中時計で現在時刻を確認すると、午後十時過ぎ。わたしに掛けられた魔法が解けるまでもう二時間もありません。裁判の途中で魔法が解けてしまったら、わたしの不法侵入がバレ、そのまままきっと死刑判決まっしぐらでしょう。そうなったらトンプソン家の皆さんにも迷惑を掛けることになってしまいますから、絶対に零時までに事件を解決しなければなりません。少し急いだほうが良さそうです。

決意を固めたところで——ドアがノックされました。

てっきり兵士の方かと思ったのですが、いらしたのは意外なことに目下最大の敵であるところのクロノア様でした。しかもその背後にはルーナ様もいらっしゃいます。何やら物々しい雰囲気に、わたしは緊張します。

「……そう、身構えないでください」

クロノア様はどこか疲れた様子で答えます。先ほどの審理の精神的ダメージが抜けていないのかもしれません。立場上仕方がなかったとはいえ、何だか申し訳ない気持ちです。

「被告人、あなたに現場捜査の許可が下りましたのでその報告に参りました。ただし私の監視下という条件付きです」

「そうでしたか。それはわざわざありがとうございます」わたしは素直に頭を下げます。

「しかし、ルーナ様はいったい……？」

「儂も小娘の監視じゃ！」ルーナ様は怒ったように嗄れた声で答えます。「放っておいたらまたお師匠様を愚弄されそうじゃからな！　ちなみに儂は先ほどのことをまだ許していないのでな。背後には気をつけることじゃ」

「ルーナ様……まだ裁判の途中ですので、どうか早まらないでください……」

　クロノア様も大変そうです。ただルーナ様が同行してくださるのは、わたしとしても好都合です。何せ魔法のことはまったくわからないので、万が一犯行に魔法が使用されていた場合のことを考えたらアドバイザーは必須です。

「ちなみに被告人。捜査の途中で証拠の捏造など何らかの不正を働こうとした場合、即座に宣誓者諸共断頭台送りとなる手はずになっていますのでそのつもりで」

「クロノア様!?　ちょっと私のとばっちりが酷すぎるのですけれども!?」

　ライラお姉様は目を剝いて驚きますが、まあ手続き上のことですので致し方ありません。それに捏造などするつもりもありませんし。

「では、早速現場へ向かいましょう。残された時間はあまりにも少ないですから」

　わたしは号令を掛けて歩き出します。

「いやちょっと待ちなさいよ、シン——じゃなかった、エラ！　あんたマジで余計なことしないでよね！」

「善処します」

「不安しかない返事止めて！　ねえ、絶対だからね！　絶対余計なことしないでね！」

2

王子様のお部屋では、たくさんの人が何やら作業をしていました。武装した兵士の方ではなく、クロノア様のように全身を黒で統一した厳かな雰囲気の方々です。

「彼らは捜査官――つまり、事件捜査の専門家です。ようやく彼らを動員できて、私もほっとしています」クロノア様は素人のわたしたちにもわかりやすく説明してくれます。

「ようやく、ということはひょっとしてクロノア様は、初めからちゃんとした捜査がしたかったということでしょうか？」

「……あまり大きな声では吹聴できませんが、今回の臨時裁判は国王陛下たっての希望で例外的に実現したものです。……私だってできることならば、しっかりと捜査をした上で裁判に臨みたかったですよ。そうでないと――今回のように手痛いしっぺ返しを喰らうことになりますから」

　クロノア様も苦労しているようです。しかし、彼が思った以上に理性的であることを知ることができたのは大きな収穫です。論理に則って無実を訴えれば、それを聞き届けてくれる耳を持っていることがわかったわけですから。

「調査を開始して何か判明したことはありますか？　特に隠し扉とか」

「それは……」言い淀むクロノア様でしたが、すぐにため息交じりに答えました。「はい、確かに隠し扉はありました」

「──っ！」

思わず内心で諸手を挙げて喜んでしまいます。これで間接的にですが、わたしの仮説がただの妄想ではないと証明できました。

こちらへ、とクロノア様に誘われてわたしたちは部屋の奥へ向かいます。その途中で、わたしは事件のときのことを思い出してしまい、少し気分が悪くなりました。

改めてあのときは、まさか王子様が亡くなっているなんて夢にも思わなかったので、本当に心臓が止まるほど驚きました……。後々、実はあれは王子様ではなかったと明らかになったところで、どなたかの遺体が放置されていた事実に違いはありません。

そして今はその遺体も片付けられて、床にはわずかな血痕と粉々に散らばったガラス片が残されるばかり……。何というか、無常感のようなものを抱いてしまいます。

アムリス氏から借り受けたガラスの靴は粉々に砕け散り、もはや靴としての原形を留めていません。無事にお城から帰ることができた暁には、アムリス氏から弁償を言いつけられるやもしれませんね……。絶対高価なものですよね……困りました……。

暗澹たる気持ちで、遺体が放置されていた場所を避けるように部屋の奥まで進むと、クロノア様は最奥の壁の手前で足を止めました。

「捜査を開始して、早々に見つかったようです」

クロノア様は壁に設置されていた燭台を摑み、軽く下に引きます。

ガチャリ、という何かが動く音と共に、奥の壁の一部が回転扉のように開きました。なるほど、これは紛うことなく隠し扉です。

「隠し扉は城の外へ繋がっていました。内側からしか開かないようですが、仮に被告人と共に私室へ戻った殿下が遺体を発見し、身の危険を感じてこっそりとここから外へ逃げたと考えれば、少なくとも状況の不可解性は消失します」

　クロノア様は苦々しい顔で告げます。裁判のまえに少しでも捜査ができていれば、こんな簡単な仕掛けにはすぐ気づけたはずなのに……それをわたしのようなどこの馬の骨ともわからない人間に、いいように恥を掻かされて、心穏やかにいられるはずもありません。

「しかしその場合、新たな疑問が出てくると思うのです」わたしはクロノア様を元気づけるように質問を投げ掛けます。「王子様は、何故警備をしていたマシュー様やわたしに一言も断りなく逃げ出したのでしょう？　心理的に考えれば、自分の部屋に知らない人の遺体が転がっていたらまず真っ先に人を呼びそうなものですが……」

「そうですね。本当に身の危険を感じたのであれば、普通は一人で逃げ出すよりも大勢でいたほうが安心と考えるはず」

「わたしや、あるいは兵士の方は直感的に信用できないと考えたのでしょうか？」

「単純にあなたが信用できなかった、というのなら理解はできるのですが、近衛兵であるマシュー兵士にも助けを求めなかったというのは正直理解しがたいです。少々残念な彼でも、その辺の野盗などよりは遥かに強いはずですから」

　つまり王子様は何らかの理由により、助けを求められなかった……？

「たとえば、まだ奥に犯人が残っていて、王子様は脅されて無理矢理外へ連れ出された、とかでしょうか?」わたしは首を傾げます。

「可能性はあります。助けを求められなかった理由にも合理性がありますし」

クロノア様はそう答えますが、あまり納得してなさそうです。確かに合理的ではあるのですが、すっきりしないというか違和感が残るというか……。

違和感——そう、違和感です。

どうにもこの事件はちぐはぐというか、輪郭が曖昧であるような印象を受けてしまいます。本質的には非常にシンプルな解が導かれそうな予感がするのですが……。

しばし考え込みますが、答えは見えてきません。ひとまずは、思考を保留にして捜査を先に進めたほうが良いのでしょうか。

「クロノア様、少しあちこち調べ回ってみてもよろしいですか?」

「構いませんよ。ただし、他の捜査官の邪魔はしないように」

言質が取れたので、わたしは早速室内を見て回ります。さすが次期国王様とでも言いましょうか、とても広いお部屋にお住まいで羨ましい限りではあるのですが、お部屋の広さの割にはものが少ない印象です。家具も立派なベッドと猫足のテーブルセット、壁際にチェストがいくつか、という程度です。倹約家だったのでしょうか。何となく、王族の方は豪華な調度品に囲まれて暮らしているイメージがあったので少し意外です。

ただテーブルやチェストの上に置かれていたいくつかの小物が倒れているところを見るに、もしかしたら被害者は襲われた際、少し抵抗したのかもしれません。犯人に怪我でもさせていれば、儲けものなのですが……さすがにそれは高望みをしすぎでしょう。

「そういえば、クロノア様。わたしがお部屋に入ったとき、王子様のお召しものが床に脱ぎ捨ててあった気がしたのですが……今はどちらに？」

「ああ、それならあちらに」

クロノア様は部屋の隅を指さします。捜査の邪魔にならないようにか、雑にたたまれて床の上に置かれていました。事件とは関連性が薄いと見なされているのでしょうか。仕立ての良いお召しものが乱暴に扱われているのを見ると胸が痛みます。

「――実はずっと疑問だったのです」

お召しものを拾い上げて丁寧にたたみ直しながらわたしは呟きます。

「いったいいつの間に王子様はお召し替えされたのか、その疑問だけがずっと意識の片隅に引っ掛かっていました。最初、あのご遺体は王子様のものだとばかり思っていましたからね。入室してからわたしを放置して早着替えを行った直後、潜んでいた何者かに殺害された上にお顔まで切り刻まれてしまったとしか考えられない状況でしょう？　絶対に不可能とまでは言いませんが、時間的にはかなり厳しいです」

殺害後に犯人が何らかの理由により着替えさせた、という仮定は棄却しました。遺体の衣類を剝いで別のものを着させる、などという重労働を五分でこなせるはずがないからです。だから、あれは本人が自発的に着替えたと考えるしかありません。

しかし、そうなると今度、何故王子様は、わたしを入口に待機させた状態でお召し替えをなさったのかという疑問が湧いてきます。

「でも――ご遺体が王子様ではなかったのであれば、その疑問も解決です。わたしたちの入室以前に犯行が行われたのであれば、時間的な制約は取り払われますからね。ただしその場合は、何故ご遺体の人物が王子様のお召しものを着ていらしたのかという新たな疑問を解決しなければなりません」

「――そうですね。それは我々も頭を悩ませているところです」

クロノア様は、頭痛を堪えるように眉間を指で摘まみました。

「使用人によると、遺体が着ていたものは殿下がお召し替えの際、着る予定だったものに間違いないそうです」

「被害者は、王子様の大ファン、ということでしょうか？　思わず王子様のお召しものを着てみたくなるほどの……？」

「……そのあたりは未だ検討中です。合理的な理由が見つかると良いのですが」

クロノア様はつらそうに顔をしかめました。

無敵の裁定官様でさえ頭を悩ませる複雑な事件――果たしてただの一市民であるわたしなどに光明が見出せるのか甚だ疑問は残りますが、とにかく今はやれることをやるしかありません。

一旦思考を中断して、調査を再開します。

入口から見て、お部屋がL字形に見えたのは室内にお手洗いが併設されていたからのようです。つまり入口のすぐ右側にお手洗いという別の個室が存在しているため、四角いお部屋がL字になっているわけです。念のためお手洗いも覗(のぞ)いてみましたが極めて簡素で、特筆するものはありませんでした。ただ隠れようと思えば、人は隠れられそうです。

念のため、他にも人が隠れられそうな場所を探してみましょう。

まずはチェストを開けてみます。中には紙の箱がいくつも収められていました。そういえば王子様には女性の靴を集めるという高尚なご趣味があったのでした。きっとわたしに靴を貸してくださったときも、このコレクションの中からサイズの合いそうなものを見繕ってくださったのでしょう。趣味はともかく、優しくて素敵な方でしたね……。いったい今はどちらにいらっしゃるのでしょうか……。

少ししんみりしてしまったので、意識的に感情をシャットアウトしてわたしはチェストを閉じました。ぎっしりと大量の箱が収められているので、チェストの中に身を隠すといったことは難しそうです。

「ふむ……となると、やはりベッドの下でしょうか」

わたしは床に散らばったガラス片に気をつけながら、ベッドの下を覗いてみます。収納スペースではなく薄暗い空間が広がっていました。どうやらここなら身を隠せそうです。捜査官の方から奇異の目で見られながら、わたしはドレスが汚れるのも気にせずベッドの下に潜り込んでみました。なるほど、入るときは少し窮屈ですが、中は結構快適かもしれません。上のマットレスが音を吸収してしまうのか、妙な静寂に包まれます。

せっかくなので、ここで少し思考を整理してみましょうか。

目を瞑(つぶ)り、頭の中に問題点をイメージしていきます。

初期段階とは今やすっかり様相が変わってしまいましたが、今回の事件の大きな問題点は次の二つでしょう。

まず、そもそも遺体は何者なのか、ということ。何故、王子様のお召しものを着ていたのか、そして何故、いつから王子様のお部屋にいたのか……。それがわからないことには何も始まりません。被害者の正体は今回の事件を解き明かす極めて重要な鍵です。

そして二つめは、本物の王子様はいったいどこへ行ってしまったのか、ということ。先ほど話題に上ったように、犯人がまだお部屋に残っており、そのまま連れ去られたと考えるのが今のところは一番自然なように思えます。被害者の顔を傷つけて識別できないようにしたのも、遺体を王子様だと誤認させて逃走時間を稼ぐためと考えれば都合が良いです。王子様のお召しものが脱ぎ散らかされていたのも、連れ去る際に目立たない服に着替えさせられたためとすれば不自然ではありません。ただ、その割には身代金の要求などもなさそうで、今ひとつ犯人の目的が不明瞭なのは気掛かりです。

いったい今夜、このお城で何が起こったのでしょうか……。

さらに深く考え込もうとしたところで——。

「——ちょっとあんた！　いい加減出てきなさいよ！」

急に声を掛けられて驚きます。ライラお姉様が床とベッドの隙間から顔を覗かせていました。何だか怒っているふうだったので、わたしは思考を中断していそいそとベッドの下から這い出ます。

——と。

その途中で不意に手に何かが触れました。何だかふさふさとした毛玉のようなものです。気になって手繰り寄せてみます。薄暗い中で目を凝らすと、それは——小さなネズミの死体でした。

………………？

ベッドの下にネズミの死体。

偶然なのでしょうか。何故だかとても――引っ掛かります。

とにかくこのままにしておくのは忍びないので、ハンカチでくるみ外へ出してあげることにします。ようやくベッドの下から這い出たところで、またライラお姉様の声が頭上から降ってきました。

「いつまでも出てこないから心配したんだからね！　何度も呼んだのに無視して……どういうつもりよ！」

「え、本当ですか？」

驚いてクロノア様に視線を移すと、彼も無言で頷きました。

やたら静かだと思っていたら、外はそんなことになっていたのですか……。無視するつもりは毛頭なかったのですが、何だか申し訳ないことをしました。

「ごめんなさい、お姉様。ベッドの下ではよく音が聞こえなくて」

「お姉様？」クロノア様は眉を顰めます。「被告人はライラさんの妹さんなのですか？」

「い、いえ！　違います！」慌てたようにお姉様は否定されます。「この子は……そう、年下のただの友人でして！　よくありますでしょう？　年の離れた知人を、姉や兄と呼び慕うことが……！」

「ああ、なるほど、そういうことでしたか」納得したようにクロノア様は微笑みました。

「良かったです。もし被告人が宣誓者であるあなたの家族なのであれば、被告人の罪が確定した時点であなたやあなたのご家族も同様の罪に問われる可能性がありますから」

「ひんっ……⁉」

お姉様は言葉にならない悲鳴を上げられました。気の毒に。

「いや、何もかも全部あんたのせいなんだからね！」

「心を読まないでくださいよ」

普段どおりのやりとりで緊張を緩和してから、わたしは先ほど見つけたものを皆さまにも共有します。

「この子がベッドの下で亡くなっていました」

「ネズミ、ですか？」とクロノア様。

「ええ。奥の方で倒れていました。見たところ死後そんなに時間は経ってなさそうです。もしよろしければ、クロノア様、後ほどこの子を明るい場所に埋葬してあげてください」

確かネズミは、二年ほどしか生きられないと聞き及びます。あまり邪険に扱うのも可哀想です。そう言うと、クロノア様は不思議そうな顔でわたしを見ました。

「──意外ですね。ネズミは害獣ですし、若い女性の方からは嫌われているものかと」

「……そうですか？　ネズミ、結構可愛いと思いますけど」

するとクロノア様は初めてわたしに笑みを向けられました。

「わかりました、このネズミは預かります。夜が明けたら、庭園の一番陽の当たるところに埋葬しましょう」

もしかしたら、明朝のわたしよりも待遇が良いかもしれません、このネズミさん。

「それにしてもあんた、埃（ほこり）だらけになってるかと思ったら、全然汚れてないわね」

不意にお姉様がそんなことを言い出しました。わたしも改めて自分の身体を眺めてみますが、確かにベッドの下に潜り込んでいたとは思えないほど服の汚れは見当たりませんでした。いくら王子様のお部屋とはいえ、ベッドの下まで埃一つなく徹底的に掃除をしているものなのでしょうか……？　少なくともわたしは、お母様のベッドの下まで掃除したことはありません。

「――ひょっとして犯人はベッドの下に隠れていた、ということでしょうか？」

わたしと同じ結論に達したのか、クロノア様が独り言のように呟（つぶや）きました。

「そう、ですね。犯人ではなかったとしても、何者かが潜んでいた可能性は高いかと」

ただし誰が何のために潜んでいたのかまでは想像もできませんが。

この事件はわからないことが多すぎるのです……。でも、一つずつ着実に可能性を潰していくしか道はありません。そのためにはまず情報収集が肝要です。

「――クロノア様。いくつかお聞きしても良いでしょうか？」

「なんでしょうか」

「先ほど隠し扉は、お城の外へ繋がっているとおっしゃっていましたが、それは具体的にはどちらになるのですか？」

「城の裏手ですね。外と言っても城壁の内側なので、厳密に言えばまだ敷地内です。城壁にも内側からしか開かない秘密の抜け穴があって、有事の際に要人の方はそれを使って城もしれません」

「それは現在調査中です。敷地内ですから、もしかしたら警邏の兵士が何かを見ているか

の外へ逃げられるようです」

「では、事件前後その隠し扉の出口付近にどなたかいらっしゃらなかったのですか？」

　さすがクロノア様、仕事が早いです。

「王子様のお部屋の警備状況についても、もう少し詳しく教えてください。確か舞踏会が始まったのは、午後五時過ぎで、そのときからマシュー様はこちらのお部屋の警備任務に当たっていたというお話でしたが……。当然、それ以前も別の方が王子様のお部屋の警備をしていたはずですよね。その方々は任務の途中で目を離したりしていないのですか？」

「念のため確認したところ、本日は一日中、つまり舞踏会開始よりもずっと以前から城内の警備レベルは上がっていたそうで、昨日や一昨日にまで遡ればその限りではないですが、少なくとも今日に限定してしまえば、殿下の私室に入った者は誰もいないとのことです。殿下本人と――あなたを除いては」

　意味深な視線を向けてきますが、今は軽く受け流します。

　それよりこれは重要な情報です。わたし以外で王子様のお部屋に入った人がいないことが明らかになった以上、やはり室内へ侵入するには、マシュー様が目を離したときしかなさそうです。被害者の死亡推定時刻は午後七時過ぎから午後八時前後の一時間に確定してしまって良いと思います。

「クロノア様、念のため、もう一度マシュー様からお話を伺ったほうが良いのではないで

しょうか。裁判のときは聞けるお話も限定されていましたし」

「そう……ですね」顎に手を添えてクロノア様は考え込みます。「あのときとは状況も変わりましたし、確認をしておいたほうが良いかもしれませんね」

クロノア様は、近くで作業をしていた捜査官の方に指示を出しました。

マシュー様到着までやることがないので、少し気になっていたことを雑談のつもりで尋ねてみます。

「クロノア様、もう一つだけ。これは事件とは関係のない個人的な質問なのですが」

「なんでしょう?」

「クロノア様は犯罪をとても憎んでいて、罪人には徹底した裁きを下している、というお話を事前に伺っていました。だから、とても冷血で恐ろしい方なのかと思っていたのですが……実際、こうしてお話しすると穏やかで理知的な普通の男性のように思えます。どうしてそのような噂が立ってしまったのです?」

「ちょ、ちょっとエラ! 失礼でしょ!」

お姉様が慌ててわたしの口を塞ごうとしますが、クロノア様は苦笑して片手で制します。

「いえ、大丈夫。言われ慣れていますから」

「……そうなのですか?」

「ええ、冷血漢だの鬼だのといつもひどい言われようです」乾いた笑いを浮かべてからクロノア様は不意に瞳に暗い炎を灯しました。「でも――すべて事実です。私は、犯罪者を憎んでいます。心の底から。ですから、彼らからすれば私は、自らに死を運ぶ死神に思えることでしょう。そして私は——自分のそんな生き方を誇りに思っています」

「……何故そこまで犯罪者を憎むのですか？」

裁判の最中も、頭ごなしにわたしを責め立てるのではなく、あくまでも論理的に詰めてきました。つまり本質的にクロノア様は、理性的な方であるということです。どうにもわたしの感じるその印象と、クロノア様の今の在り方に微妙なズレのようなものを感じてしまいます。

クロノア様は口元をわずかに歪めて笑い、答えました。

「——私がまだ幼かった頃、家族が犯罪者に惨殺されました。私の目の前で、ね。今の不安定な世の中では、別に珍しくもないよくある話です。そしてそれ以来、私は罪を犯した者を絶対に許さないと決めたのです。ただ、それだけですよ」

あえて無感情に言い切るその姿が、どこか悲しげにも見えてしまいます。

「……本当に、その生き方に後悔はないのですか？」

「無論です。ですから私は、あなたを断頭台に送ることをまだ諦めたわけではありません。ゆめゆめそのことを忘れませんように」

それだけ言うと、もうこの話はおしまいとばかりにクロノア様は口を噤んでしまいました。本当はもう少し突っ込んだお話がしたかったのですが……致し方ありません。

やむを得ず話題を別の方へ振ります。

「あのルーナ様。ルーナ様は先々代の王宮魔法使い様に随分と思い入れがあるようですが……ひょっとしてあなたも先々代のお弟子さんなのですか？」

「ん？　ああ、そうじゃ」ルーナ様は事もなげに頷きます。「有名な話かと思っておったが、田舎の小娘は知らぬか。儂は先々代の推薦で王宮魔法使いになったのじゃ。本来であれば、そなたのような庶民が気安く口を利ける存在ではないのじゃぞ？」

先ほどの失言の恨みか、やたらと煽られますが、気にせず話を進めます。

「先々代は世界最高の魔法使いであるとのことですが……それってひょっとしてアムリス様のことなのでは……？」

「何と！　まさかお主、お師匠様と面識があるのか！」

驚いたようにルーナ様はぴょこんと飛び跳ねます。何というかあまり老婆らしからぬ挙動です。

「実は以前に一度、助けていただいたことがありまして」

本当は現在進行形で迷惑を掛けられているのですが、そこはぼやかして答えます。アムリス氏は、魔法で御者や馬を作り出したとき、こんなことができるのは自分だけだと嘯いておられました。自己評価が高いだけの老人なのか、それとも客観的事実なのか、という判断は迷うところではありましたが、先ほどの裁判の途中でルーナ様も同じような発言をされていたので、もしやと思って確認してみて正解でした。

「ではやはり、先ほど小動物を人間に変化させせられるのは先々代だけだ、とおっしゃっていたのはアムリス様のことだったのですね」

「そうじゃ。お師匠様を知っているのなら話が早い。生物の種が変わるほどの高レベルな幻術は、お師匠様が編み出した特別な魔法じゃ。世界でただ一人、お師匠様にしか行使できん。だから、裁判のときお主が言っていた、城の外で小動物を人間の暗殺者に変化させて城に忍び込ませたという妄言は棄却されるのじゃ。そんなことができるのはお師匠様だけなのじゃからな」

「つまりアムリス様が犯人なのであればあり得ると」

「貴様！　ロバに変えるぞ！」

「え、やはりルーナ様にもできるのですか？」

「……できないけどぉ」悲しそうにルーナ様は声を震わせます。「お師匠様を愚弄するのは止めるのじゃ……お師匠様は儂の命の恩人なのじゃ……」

「じょ、冗談ですよ。アムリス様は素敵な魔法使いです。そんなことしませんよね」

自分の命が懸かっているとはいえ、老婆をいたぶるのは良心が痛むのでこのあたりでやめておきます。確かに論理的に考えれば、アムリス氏が犯人ということも十分に考えられるのですが、そのわりにはやっていることがまどろっこしいので、直感的には違うような気がします。

「――わかれば良いのじゃ」ルーナ様はすぐに機嫌を直します。「儂は小さい頃に事故に遭ってな、そのときに強く頭を打ったようでお師匠様が治療をしてくださらなければ間違いなく死んでおった」

普通に良い話として聞き流すところでしたが、それおかしくありません？

「ちょっと待ってください。ルーナ様が小さいときって、アムリス様はおいくつなのですか？　そんな昔から、アムリス様はすごい魔法使いだったのですか？」

「ああ、いや……」何故か焦ったようにルーナ様は両手を振ります。「お師匠様は偉大なる魔法使いなので、生物の寿命すら変化させることができるのじゃ！　お師匠様によれば最大で五倍まで寿命を延ばすことが可能らしい！　その秘術のおかげでお師匠様の実年齢は百を超えている！　だから儂が小さいときでも十分偉大な魔法使いだったのじゃ！」

そういえば裁判のときも寿命を長くするということを言っていましたっけ。何だか少し引っ掛かりはしますが、事件とは関係がなさそうなのであまり突っ込まないでおくことにします。

「魔法のことをもう少し詳しく教えていただいてもよろしいですか？　たとえば、幻術の魔法は、時間以外の条件では決して解けないのですか？」

「基本的にはそうじゃな」ルーナ様は神妙に頷きます。「ただし何事にも例外はある。この場合、魔法を掛けられたものが生物だったとき、死の間際に魔法は自動的に解除される」

「死の間際……？　どういうことです？」

「死ぬときは、生まれたままの姿に戻るということじゃ。たとえば、儂が乳のないそなたを憐れんで、胸が大きくなる幻術を掛けたとしよう。それによってそなたは一時的に巨乳となるが、それによってそなたは喜びのあまり心臓発作を起こしてしまった。その場合、死の直前に魔法の効果は切れ、そなたは貧乳として死ぬ。幻術はあくまでも虚構。〈魂〉が消える直前、一際強く輝く際、あらゆる虚構は否定されるようじゃ。死の直前、数秒だけでも生まれたままの姿で過ごせるよう神様が取り計らってくれているのかもしれんが……細かいことは儂にもわからん。とにかくそういうものだと理解するが良い」

「――なるほど」

新しい魔法のルールです。しっかりと頭の中に書き留めておきます。

あとどうでもいいことですが、ルーナ様の中で、わたしは胸が平らなことを悩む乙女のような扱いになっているのですね……。残念ながら、わたしは自分の胸の大きさで悩んだことなんて、生まれてこの方一度もありません。

「せっかくなので予言のことも教えてください。予言というのは、具体的にはどのようなことが可能なのです？　そのものズバリの未来が見えるのですか？」

「ん……儂も専門ではないのであまり細かいことはよくわからないのじゃが……お師匠様によると、何となくボヤッと未来に起こる出来事がわかるくらいのようじゃ。虫の知らせ、くらいなら誰でも一度は体験したことがあるじゃろう？　あれのもう少し確信的なやつが予言らしい」

「結構感覚的なのですね。でも確信的、ということは予言したことは、確実に起こるということですか？」

「何もしなければな」ルーナ様は大仰に腕を組みました。「『今』の状態が推移した場合、確実にやって来る『未来』がすなわち〈予言〉じゃ。ただ、当然未来というものは本来、極めて不確かなものじゃからな。予言されたものが不幸に繋がる場合、それが起こらないようしっかりと対策を取れば、大抵の予言は回避可能だと言われておる」

「大抵、ということは回避が不可能な場合もあると？」

「うむ。あらゆる事象には、それが発生する確率が、当然存在する。特に事象に対し、何らかの因果が関係している場合にこれは顕著じゃ。たとえば、そなたが明朝断頭台へ送られるという予言があったとしよう。そなたは、その予言を回避するためにあらゆる手を尽くすはずじゃ。しかし、『断頭台へ送られる』という結果は、『そなたが真犯人である』という因果と強く結びついている。つまり、そなたが犯人である以上は、絶対に回避不可能な〈運命〉ということじゃな」

何となく、たとえ話に悪意は感じますが、言いたいことはわかります。

すべての事象には因果がある。

そして因果を断ち切らない限り、予言された事象は回避不可能、ということでしょう。

この場合、わたしは真犯人ではないので、断頭台送りは努力次第で回避可能な……はず。

確証などありませんが、それを信じてこの休憩中は可能な限り情報収集に努めるほかありません。

ふと気になって懐中時計に目を向けると、午後十時三十分になろうというところでした。

タイムリミットは、刻一刻と迫っています――。

3

そうこうしているうちに、マシュー様が到着されました。つい小一時間ほどまえまでは、意気揚々としていたはずなのに今やすっかりと意気消沈してしまっています。おそらく諸々の失態で偉い人にこっぴどく怒られたのでしょう。

その原因を作ったわたしや、恐い人の筆頭であるクロノア様を前にして、マシュー様はさながら捕食者に囲まれた子ヤギのように小刻みに震えています。あまり怖がらせてしまっても可哀想なので、わたしは努めて優しい口調で尋ねます。

「マシュー様、どうか落ち着いてください。我々は決してマシュー様に害を為すためにお呼び立てしたわけではありません。裁判中には伺えなかった少し詳細なお話をお聞かせいただきたいだけなのです」

「……そういうことでしたら、まあ……」

不承不承という感じでマシュー様は呟きます。あまり乗り気ではなさそうですが、この際仕方がありません。

「まずは、裁判では責め立てるようなことを言ってしまい申し訳ありませんでした。しかし、わたしも命懸けだったので、どうかご容赦ください」

「それは……わかっています。全部、自分が悪いので……」

マシュー様、なんだかメランコリックですね……。気の毒だとは思いますが、時間もないので先に進めます。

「裁判のときはあまり細かいお話はできませんでしたから。具体的な時間なども覚えている限りで結構ですのでお話しください」

マシュー様はこくりと頷きました。

「まずは流れをおさらいします。六時半頃、わたしと王子様が一度お部屋に入りました。

靴をお借りしたときのことですね。時間は大体五分間くらいだったかと記憶しています。それよりもまえ――つまり、あなたが警備を担当し始めた午後五時から六時半までの間、誰かお部屋に近づいたり、あるいはあなたが目を離したりよそ見をしたりしていたということはありませんか？」

「それはありません！」マシュー様は強く否定します。

「本当に？」一応念を押します。

真剣なマシュー様の目を見て、とりあえず嘘は言っていないと判断します。

「……続けますね。それから用事を終えたわたしたちは、すぐに舞踏会場へ引き返しました。そしてその後――あなたの元へローリー様が差し入れのコーヒーを持ってきてくださったのですよね？　正確な時間はわかりますか？」

「……たぶん六時五十分頃かと」

「確か裁判のときローリー様は、そのとき五分ほどお話をした、というようなことを言っていましたが事実ですか？」

「……はい。コーヒーを飲んでいる間だけだったので、おそらくそれくらいです」

「ちなみにそのときケヴィン王子の姿が見えたというのも本当ですか？」

その質問に、マシュー様は表情を強ばらせます。

「……はい、事実です」

「何故ケヴィン王子は、オリバー王子のお部屋にやって来たのでしょう？　いったい何があったのか、お話ししていただけませんか？」

「それは……その……」

マシュー様は怖々といった様子でクロノア様を窺いいます。おそらく部外者のわたしにそんなことを話しても良いのかと、確認を取っているのでしょう。

「——構いません」クロノア様は答えます。「そのときのことを詳しく教えてください。もしかしたら大事なことかもしれませんので」

「……わかりました。でも、自分も詳しくはわからないのです」マシュー様は困ったように続けます。「差し入れされたコーヒーを飲みながら、ローリーと雑談をしていたら、廊下の向こうからケヴィン王子が歩いてきて、自分たちの前を通りすぎていったのです」

「マシュー様たちの前……つまり、オリバー王子のお部屋の前ですね。そのとき何かお声掛けなどは……？」

「その……笑いながら、『ほどほどにしとけよ』とだけ告げられて去って行かれました」

「え、それだけですか？」わたしは首を傾げます。

「それだけ、ですね。なので正直、オリバー王子のお部屋に用があったというよりは、たまたま通り掛かっただけのように思えます」

「わたしはお城の構造がよくわからないのですが、ケヴィン王子が向かった先には何があるのですか？」

「普段は使われていない非常用階段ですね」クロノア様が答えました。「殿下のお部屋は、近くを不必要に人が歩き回らないよう、お城の角に位置しています。ですので通常、部屋の前の廊下を誰かが歩くということはないはずなのです」

「非常階段の先には何があるのですか？」

「階段を下りた先は、お城の裏手に繋がっています。しかし、ただ裏手に出たいだけならば、中央から直接下りたほうが近道です」

「……つまり、ケヴィン王子は何らかの理由によりわざわざ遠回りをして、裏手に向かったということですか」

わたしの確認にクロノア様は曖昧に頷きました。情報が少なすぎて今はまだ判断を下せないというところでしょうか。あるいは、可能かどうかはわかりませんが後ほどケヴィン様にもお話を伺わなければならないかもしれません。

でも、とりあえず今はマシュー様からお話を伺うのが先です。

「申し訳ありません、お話が逸れてしまいました。それでマシュー様は、差し入れのコーヒーを飲み終え、ローリー様と別れた後、すぐに便意を催したのですか？」

「……そうですね。五分か、十分経った頃だったかと」

ローリー様が差し入れに来たのが、六時五十分。ローリー様が立ち去ったのが五十五分。それから、五分十分経ったところということは、七時少し過ぎということになるので、舞踏会場でジョハンナお姉様が大騒ぎを起こしたタイミングとも一致します。時間的に見ると、マシュー様の証言は正しいように思えます。

「そして便意を催して、お手洗いに行っていた時間は五分ほどということでしたが、こちらは正確なものだったのですよね？」念のため確認します。

「……はい。裁判で証言したとおりです」

「では、お手洗いから戻ってきてからはどうですか？　何か変わったことはありませんでしたか？」

「いえ、その後は特に何も……。八時過ぎに王子とあなたが戻ってくるまでは、誰も私室には近づきませんでした」

ふむ。嘘を吐いているようにも見えません。マシュー様が警備を開始してから、靴をお借りするためにわたしたちがお部屋に入るまでは誰も立ち寄らず、その後認識している限りでお部屋に近づいたのはローリー様とケヴィン王子のみで、手洗い後はわたしたちしかお部屋に近づいていない、と。

この感じだと、わたしはまだまだ最重要容疑者という扱いになりそうです。せめてもう少し証言に隙があれば良いのですが、さすがにマシュー様もこれ以上嘘を吐くはずがありませんし……。

「あの……部外者で申し訳ありませんが」不意にライラお姉様が口を開きました。「その、今のお話を伺っていて少し疑問に思ったのですが……。シン……じゃなくて、エラと王子様が最初に王子様のお部屋に入ったのは六時半頃なのですよね。そしてその後、ローリーさんが現れたのが六時五十分頃と」

「……はい」

何故か少し緊張を滲ませてマシュー様は頷きました。お姉様が美人だから緊張しているとも考えられますが、それにしてはどうにも様子がおかしいです。

「では、王子様たちが部屋を出てからローリーさんが現れるまでの十数分間にお部屋に近づいた人はいないのですか？」

そういえば、今の証言ではちょうどその時間帯だけ確認の抜けがありましたね。うっかりしていました。でも、そんなのきっとマシュー様の説明不足で、大した意味など――。

まるで期待せずにわたしはマシュー様を見やります。

するとマシュー様は顔から大量の脂汗を流しながら、返答に窮していました。

……え、嘘でしょう？

「マシュー兵士、答えてください。何か知っているのですか？」

あからさまな態度に何か思ったのか、クロノア様が詰め寄ります。

顔面蒼白のまま、目を白黒させて、震える声でマシュー様は答えました。

「じ、じぶ、自分は……な、何も、何も見ておりません……！」

マシュー様、嘘下手すぎでしょう。

「マシュー兵士！」

クロノア様も一喝。マシュー様は身体を震え上がらせて姿勢を正します。

「これは命令です！　今すぐに隠していることを話しなさい！」

「い、いえ……自分は何も隠してなど……！」

「ではもし万が一、後ほど新事実が発覚し、あなたがそれを意図的に隠していたことが明るみに出た場合には……どうなるかわかりますね？」

「ひぃ⁉」見ていて気の毒になるくらい、マシュー様は顔を強ばらせます。

「その場合、あなたの身の安全は保証できませんよ。最悪の場合、国家反逆罪として断頭台へ送られる可能性も……」

「そ、そんな！」泣きそうなほど悲痛な声を上げます。

「それが嫌ならばさっさと話しなさい。時間がないのです。これが最終通告だと思ってください」

「で、ですが……」それでもなおマシュー様は言い淀みます。「自分にも家族が……」

「家族？」そこでクロノア様は眉を顰めます。「あなたの家族が関係するのですか」

苦渋に満ちた表情で答えるマシュー様でしたが、ついに観念したように項垂れました。

「……クロノア様。もし何かあったら、郷里の老いた両親だけは守ってくださいませんか？」

「郷里のご両親？　いったい何のお話をしているのです？」

首を傾げるクロノア様に、マシュー様は極めて真剣な表情で答えます。

「――ローリーが現れる十分くらいまえ、ある人が現れました」

「本当ですか！　それはどなたです？」

クロノア様は身を乗り出します。するとマシュー様は、諦めたようにそれを告げました。

「――――グレアム大臣です」

一瞬の沈黙。クロノア様は信じられないと言わんばかりに口を半開きにして言葉を詰まらせています。ライラお姉様も似たような感じで、ルーナ様は……ローブで顔を隠しているのでよくわかりません。グレアム大臣……確か、事件直前に廊下で会ったおひげを蓄えた方だったかと記憶しています。再びの大物登場に、ますます事件は混迷を極めそうです。

すでに覚悟を決めたのか、先ほどまでの動揺した様子とは打って変わってマシュー様は淡々と続けます。

「あのあと……オリバー王子と被告人が部屋を出て間もなく、非常階段のほうから突然グレアム大臣がやって来ました……。まさか大臣が現れるなんて思ってもいなかったので、自分も驚いてしまって……そうしたら何とグレアム大臣が、王子の部屋に入れてほしいとおっしゃったのです。わたしも王子のお部屋の警備を預かる責任がありますので、王子の許可なくそれはできませんと拒否したのですが……押し切られてしまって。おまけにこのことを誰かに話したら郷里の家族が大変なことになるとも脅されて……」

「そう、だったのですね」クロノア様はさすがに同情的に答えました。「いえ、そういう事情ならば仕方がありません。ご家族のことはご心配なく。わたしのほうで上手く処理しておきます。それよりも、そのときのことを詳細に教えてください。何故グレアム大臣は王子の部屋に入ったのですか？」

「いえ、そこまではわかりません……でも、ほんの一、二分で出てこられましたし、何かを持ち出したようにも見えなかったので……その、この事実を忘れることにしたのです」

クロノア様はまた考え込むように顎に指を添えて俯きました。

「……よくお話ししてくださいました。あとのことはこちらにお任せください」

「……よろしくお願いします」

至極気落ちした様子で頭を下げ、マシュー様はお部屋を退出されました。その物悲しい背中を見送ってから、わたしは尋ねます。

「グレアム様というのはどういう方なのですか？　教育係、というようなお話を伺ったことがありますが、王子様の私室へ勝手に入って許されるほど親しい方なのですか？」

「どうでしょう……どのような理由であれ、王族の私室に断りなく侵入することは固く禁じられているのですが。でも、親しくはあると思います。グレアム大臣は、オリバー王子が小さいときから、我が子のように愛情を持って接しておられたと城内でも評判です」

確かに、廊下で出会ったとき、オリバー王子はグレアム大臣に家族のような親愛を抱いていたように感じました。なるほど……だんだん事情が見えてきた気がします。

「教育係というのは、普通、お大臣様が任されるものなのですか？」

「いえ、周囲の反対を押し切り、自ら名乗り出たそうです」

クロノア様の言葉に、ルーナ様も同意を示します。

「儂も先代のモルガナ様からそのように話を聞いておるの。オリバー王子はグレアム大臣、ケヴィン王子はサイラス大臣がそれぞれ直々に教育係として名乗り出たそうじゃ。王様も最初は大臣ほどの男に教育係などやらせられぬと断ったそうじゃが、大臣は二人とも文武共に長けた傑物であったことから、立派な跡継ぎに育てるため了承したらしい。美しい話ではないか」

ルーナ様、魔法使いなのに、王族の裏話のような俗っぽい話題にも通じているのですね。少し意外です。

とにかく、とクロノア様は話が逸れていることに気づいたのか、強引に会話を切ります。

「事件より遥かまえに入室し、すぐに退室したグレアム大臣が犯人であるとは考えにくいですが、しかし事件の一時間まえに規則を破って強引に現場に侵入したという事実は無視できません。さりとて現役大臣を大した証拠もなく証人尋問するのは憚(はばか)られますし……」

「では、今のうちにお話を伺っておけば良いのでは?」わたしは提案します。「裁判の最中でなければ、お話を伺うことは倫理上何も問題ありませんよね? いずれにせよ、事実確認はしなければならないわけですし」

クロノア様は難しそうな顔で言葉を呑みます。しかし、やはり真実を明らかにする者として避けては通れないと判断したのか、そうですね、と答えます。

「今のうちに手早く済ませるのであれば、大きな問題にもならないでしょうし」

「では、今すぐに参りましょう。時間がありません」わたしは急かすように言います。

懐中時計を確認すると、休憩時間は残り二十分を切っていました。

時間的には最後の情報源となりそうです。どうか何かヒントが得られますようにと祈りつつ、わたしたちはグレアム大臣のお部屋へ向かって足を進めました。

4

グレアム大臣のお部屋に到着するや否や、クロノア様は丁寧にドアをノックしました。

「――お休み中のところ申し訳ありません、グレアム大臣。裁定官のクロノアです。至急伺いたいことがあって参りました」

入れ、という低い声が室内から響きます。失礼します、と断りクロノア様はドアを開けました。わたしたちは彼の後ろを、さながら親鳥について回るひよこの如く追いかけます。

グレアム大臣のお部屋は、私室というよりは執務室という趣です。重厚で立派な机と落ち着いた調度品が揃えられた素敵なお部屋で、この環境ならきっと退屈な書類仕事もさぞや捗ることでしょう。

部屋の主であるグレアム大臣は、肘掛け椅子に腰を沈めて力ない瞳をこちらに向けていました。意気消沈、といった様子です。先ほどのお話ですと、オリバー王子を我が子のように可愛がっていたということですから、おそらく王子が行方不明という現状に胸を痛めておられるものと推測します。

「グレアム大臣、心中お察しいたします」クロノア様は恭しく頭を下げてから切り出します。「実は火急に確認いたしたいことがありまして、推参いたしました」

「……なんだ」やはりグレアム大臣の声には張りがありません。「私は疲れているのだ」

「単刀直入に申し上げます。マシュー兵士から話はすべて聞きました。殿下の私室へ無断で侵入したそうですね。その理由と目的をお話しください」

「……断る」言葉に少しだけ力が戻ります。「貴殿には関係のないこと。それに無断ではない。殿下には予め了承をいただいている」

「関係がないかどうかはお話を伺ってみなければわかりません」クロノア様も引き下がりません。「状況を理解しておいでではないようですので、改めてご説明させていただきます。大臣は、警備兵を押し切り殿下の私室へ無理矢理侵入しました。これは客観的事実です。

そして大臣のおっしゃる殿下の了承は、あくまで大臣の個人的意見です。どちらのほうが価値のある情報かは言うまでもありません。さらに大臣が不可解な行動をしたわずか一時間後、殺人事件が起こっている。これで大臣の行動がまったくの無関係であると言い張るのは、はっきり申し上げてかなり厳しい。本来であれば、裁判が再開した際、真っ先にあなたを召喚し、神と王の前で真実を証言していただくところですが、大臣の立場を慮り、こうして非公式に訪れ、先にお話だけ伺おうとしているのです。どうかその旨、ご理解いただきたい」

捲し立てるように、一息で言い切ります。さすがはクロノア様、上手い言い回しです。

グレアム大臣も、目下の人間にここまで言われて気に触ったのか、少しだけ顔に赤みが戻ります。

「……つまり貴殿は、この私を疑っているということか。十年以上、殿下の教育係を務めたこの私が、殿下の益にならない行いをする人間であると、そう断じるのか」

「そうではありません。しかし、あなたの行動はあまりにも不可解です。通常利用されない非常階段を使ったり、マシュー兵士に口止めをしたりと、明らかに第三者に知られることを厭う意思が感じられます。ですが、それと同時にあなたが真に殿下を想っておられることもまた事実だと考えています。殿下が行方不明となり、憔悴した今のお姿も決して演技などではないでしょう。ですから、教えていただきたいのです。あなたが何をしたのか、あなたが何を知っているのかを」

クロノア様の言葉に、グレアム大臣は初めて逡巡を示しました。

「……貴殿に話したら、殿下が戻ってくるとでもいうのか」

「わかりません。ですが、可能性はあります」クロノア様は力強く頷きます。「私は法の下に真実を明らかにする者。あなたが真実を話してくださるのであれば、やがてその深奥（しんおう）に隠された真相にも至ることができるかもしれません。少なくともそれは、現状姿を眩（くら）ませている殿下を探し出す一助にはなるものと思っております」

「――――」

　グレアム大臣は目を瞑り、腕を組んで黙り込みます。ご自分がどうすべきなのか、懸命に考えておられるのでしょう。一分ほどそのまま静止したのち、ゆっくりと目を開きます。

「……話せば長くなる。そしてこれは、国家の根幹を揺るがす最重要機密でもある。できれば、そちらの部外者には席を外してもらいたいのだが」

　わたしとお姉様に視線をくれて、グレアム大臣はそう告げます。しかし、わたしは首を振ります。

「いえ、実を申し上げますと……わたしはグレアム大臣が王子様のお部屋で何をなさっていたのか、大体想像がついています」

「ほう……」興味深そうにグレアム大臣は眉を動かします。「面白い、話してみよ。それが事実に近いものであれば、お主にもすべてを聞かせよう」

　ありがたいお申し出です。それでは遠慮なく参りましょう。

「グレアム大臣は――あの殺された被害者を室内へ招き入れていたのです」

「そんな、まさか……！」クロノア様は目を白黒させました。

「これはほとんど言い掛かりに近いのですが……グレアム大臣が王子様のお部屋へ侵入したタイミングで、被害者が王子様のお部屋へ入り込んだと考えるのが一番妥当なのです」

わたしは淡々と続けます。

「もちろんそれよりも遥かにまえ、つまりずっと以前から被害者と王子様があのお部屋で共に住んでいた可能性はあります。でも、それはないとわたしは踏んでいます。さすがにお城の誰にも気づかれることなく、一人の人間が王子様のお部屋に住み着くなど現実的ではありません。ですから、被害者は極めて最近、王子様のお部屋に侵入した。そして直近で最もその可能性が高いのが、グレアム大臣がお部屋に侵入したときです。そのときグレアム大臣は、内側から隠し扉を開けることで、被害者を室内へ招き入れたのです」

「し、しかし何のためにそんなことを……？　被害者とはいったい……？」

「グレアム大臣が、オリバー王子を我が子のように愛しており、王子様の害になることは絶対に行わない、という前提が事実なのだとしたら、考えられる可能性は一つです」

わたしは人差し指を立てて告げます。

「被害者は、王子様の影武者だったのです」

クロノア様だけでなく、ライラお姉様や、グレアム大臣でさえ驚いたように息を呑みました。ルーナ様は……相変わらずよくわかりません。

「これは完全なわたしの妄想ですが……ひょっとしてグレアム大臣は、オリバー王子が何者かに狙われていることをご存じだったのではないでしょうか。そして王子様の身を案じた大臣は、影武者を立てることにした、と。そう考えれば、不可解だった様々なことが一本の糸のように繋がるのですが……如何でしょう？」

　お伺いを立てるように、わたしはグレアム大臣を見やります。大臣は、目を丸くしていました。

「これは……正直驚いた。まさか想像だけでそこまで至れるとは……」

「で、ではまさか……今、被告人が言ったことは事実なのですか……？」

　わずかに声を震わせるクロノア様に、グレアム大臣は、うむ、と頷きました。

「――よろしい、約束だからな。すべて話そう。その代わり、どうか類い希なその知恵で、殿下を見つけ出してほしい」

　元よりそのつもりです。わたしは力強く頷きました。

「被告人――エラと言ったか。彼女が今話したとおり……私はあのとき、殿下の影武者をこっそり室内へ招き入れていた。だが……信じてはもらえないかもしれんが、まさか本当に命を奪われるとは思っていなかったのだ……」

「ちょっとお待ちください」クロノア様が非難するように詰め寄ります。「ではまさか大臣は、被害者がオリバー殿下ではないことを初めから気づいていたのですか？」

「……ああ」苦しげにグレアム様は頷きます。「現場の状況を聞いたとき、すぐに私は亡くなっていたのは影武者であり、殿下は隠し扉から逃げ出したのだと思った。だが、それを人に説明している暇はなかった。逃げ延びた殿下がどこかで小さく震えているかと思ったら居ても立ってもいられなくなってな……。気づいたら私は、臨時裁判を放って一人で殿下を探し回っていた。しかし、結局その痕跡すら見つけられなかった……」

「それでもあなたは、影武者のことを説明すべきでした」クロノア様は尚厳しい口調で責め立てます。「この被告人はたまたま弁が立ったから良かったものの、普通だったらとっくに有罪が確定しているところです。あなたの身勝手により、一人の人生が不当に歪められていたかもしれないのですよ」

「——本当に、申し訳なく思っている」

　グレアム様は、深々と頭を下げられました。まさか国のお大臣様にそこまでされて黙っているわけにもいかず、わたしはフォローします。

「頭をお上げください。ひとえに、オリバー王子への愛故の行動だったのですから仕方ありません。もし、下手なことを言ったらグレアム様が拘束されていた可能性もあるのです。行方不明事件の場合、とにかく素早い初動捜査が肝要なのですから……諸々を考慮して、お一人での捜査を断行されたグレアム様を、わたしは責めることができません」

　一息に言ってから、それより——、と話題を変えます。

「その、失礼ですが、影武者というのはいったいどなたなのでしょうか……？」

「私の……腹心の部下だ。とても真面目で誠実な男だった。今は、国境の戦線に指揮官として遠征していることになっている。この男ならば、殿下の影武者に相応（ふさわ）しいと思い、頼み込んだら快く承諾してくれたのだ……」

「ですが、お顔はどのように……？」

「——魔法じゃろ」

　クロノア様の問いに、ルーナ様が先んじて答えました。

「人の顔を変化させるくらいであれば、並の魔法使いにもできよう」

「……おっしゃるとおりです」大臣は申し訳なさそうに頷きました。「王宮魔法使い殿のご指摘どおり、私は知り合いのつてで信頼のおける魔法使いを紹介してもらい、部下の顔を殿下とそっくりに変えてもらった。口止め料も込みで、膨大な金貨を払わされたが……殿下のためならば安いものだ」

「しかし……何故そこまで……？」クロノア様は難しそうに顔をしかめます。「あなたが私財をなげうってまで、殿下の影武者を立てたのはどうしてですか？　本当に殿下の身に危険が迫っていたのであれば、国が全力を出してお守りするのが筋かと思いますが……」

「……それができない事情があったのだ」とても悔しそうに、グレアム大臣は声を絞り出します。「そしてそれこそが……この国の根幹を揺るがす機密事項なのだ……」

そうしてグレアム大臣は、訥々（とつとつ）と語り始めました。

イルシオン王家に隠された、最大の秘密を――。


今から十八年ほどまえのこと。

現国王ウォルター・イルシオンのもとに、念願の王子が産まれた。

なかなか世継ぎに恵まれなかったこともあり、その朗報は瞬く間に国中へ広がり、王子の誕生は国中の民から歓迎された。

しかしそれと同時に、当時の王宮魔法使いがある不吉な予言を行った。

曰（いわ）く、生まれた赤子は、将来魔女となり、国に災いをもたらす、と。

そう――生まれた王子は、女の子だったのだ。

王と王妃は、そのようなことになってはならないと、王子にオリバーと名づけ男の子として育てることにした。そして、乳母や大臣を始め、この事実を知る者には、秘密の絶対厳守を命じた。

その後は何事もなく、王子は真っ直ぐにすくすくと成長していった。王子はとても誠実な良い子だった。やはり予言など当てにはならない。こんな優しく愛らしい王子が、将来魔女になり国に災いをもたらすなど、到底考えられない。皆がそう信じ、そして次第に王宮魔法使いの予言を皆が忘れ去りつつあった――そんなある日のこと。

侍女の一人が王子と遊んでいたところ、王子が誤って崖の下へ転落してしまい、行方不明になった。涙ながらに報告をしたその侍女も、責任を取ったのかはたまた逃げ出したのか翌日には姿を消してしまった。その結果、城内では、王子は暗殺されたのではと、盛んに噂された。

王や王妃、そして何より教育係のグレアムは、深く悲しんだ。グレアムに至っては、自身も崖に身を投げることすら考えたという。

しかし、それから数日が経過したところで、王子はひょっこりと城へ戻ってきた。

誰もが王子の無事に胸をなで下ろした。王子は事故のせいで記憶を失ってしまっていたが、それでも無事に生きていてくれたことに、皆が歓喜した。

だが、すべてが元どおりというわけではなかった。

何と戻ってきた王子は――男の子になっていたのだ。

戻ってきたとき、王子のズボンのポケットには一通の不吉な手紙が入っていた。

それは、〈森の魔法使い〉を名乗る人物からで、次のようなことが書かれていた。

『王子は返します。しかし、王子にはある特別な魔法が掛けられています。十年以内に、王子に仇(あだ)なす不埒(ふらち)者を一掃しなければ、王室に不幸が起こります。これは警告です』

それが——今からちょうど十年まえのことだったという。

「……手紙のことを知っているのは、王と王妃を除いては、私とごく少数の大臣のみだった。だから我々は秘密裏に王城に巣喰う『予言肯定派』とも呼べる不穏分子たちの掃討に乗り出した。そして徹底的に調べ上げて、すべての不穏分子を排除したつもりになっていたが……殿下が姿を消してしまった以上、密かにまだ残っていたということなのだろうな……。図らずも手紙の警告どおりになってしまったということだ」

グレアム大臣は長広舌に疲れたのか、水差しから水をついで一杯飲みました。

何だかまたとてつもなく大事(おおごと)になってきた気がします。まさか王子様が実は女性であり、さらに男性化する魔法を掛けられていたなんて……。わたしの中のこれまでの常識のようなものが音を立てて崩れ去るのを感じます。でも、事実として認めるしかないようです。

「質問を、お許しいただけるでしょうか」

「構わんよ」

「オリバー王子がご誕生になられたときの王宮魔法使いは、先代のモルガナ様だったのですか？」

「ああ。偉大な魔法使いアムリス様の一番弟子であったお方だ。それゆえに、彼女の予言は信用できる」

大臣の言葉に、何故かルーナ様が自慢げに胸を張ります。常々思っていたのですが、何だか挙動の可愛らしい老婆ですよね。せっかくなのでルーナ様にも質問してみます。

「確か証人尋問のときもおっしゃっていましたが、性別を変える魔法なんて本当に存在するのですか？」

「うむ、するぞ」当然のようにルーナ様は頷きます。「むしろ幻術の基本レベルじゃ。大体の魔法使いが可能であろうな。ただしその効果を何年も持続させていたのだとしたら、かなり高位の魔法使いだと思うのじゃが」

そういえば、すべての魔法には制限時間があるのでした。わたしに掛けられた魔法があと小一時間ほどで解けてしまうように。

「しかし、その〈森の魔法使い〉とやらの目的がよくわかりません。いったい何がしたいのでしょう？」

クロノア様は厳しいところを突っ込みます。グレアム大臣は困ったように頭髪を撫でつけました。

「……確かに、正直初めは不気味だった。何故、わざわざ殿下を男性化する魔法を掛けて返してきたのか、そして何故、わざわざ警告などをしてきたのか……。あるいは、将来的に対価として金品を要求される恐れもあるとして、警告のほうは無視すべきだ、という意見も出たが、いずれにせよ王城内に潜伏する〈予言肯定派〉の連中を放置しておくことはできないとして、警告に従うことが決まったのだ」

——予言肯定派。モルガナ様の予言を信じて、将来魔女となり国に災いをもたらすであろう王子様を亡き者にしようと企む一派のことでしょう。たぶん彼らは、王子様を男性として育てるだけでは予言は回避できないと考えていたに違いありません。

きっと王子様が崖に転落したのも、その人たちが一枚噛んでいるのでしょう。〈予言肯定派〉を納得させるためと考えれば、男性化の魔法を掛けてから王子様を返したのも、〈森の魔法使い〉さんが、一応筋は通ります。肯定派の中には、王子様の男性化によって溜飲を下げる人たちもいたでしょうから。

あくまでも問題なのは、王子様に手を出そうとする一部の過激派だけであり、予言に不安を覚えている心配性の皆さままで無条件に粛清の対象としてしまうのはあまりにも酷というものです。そういう意味でふるいに掛けるような〈森の魔法使い〉さんの采配は、悪いものではないような気がします。まあ、怪しいことに変わりはありませんが。

「それにモルガナ様からの進言もあった。十年以内、という条件はおそらく魔法が持続する期限に違いない。しかし、正体不明の魔法が掛けられた状態の殿下がもし万が一死亡することがあれば、この国にどのような不幸が訪れるかわからない。最悪の場合、殿下が魔女になる未来よりも恐ろしいことになるかもしれない。なればこそ、一旦は〈森の魔法使い〉の警告に従って、不穏分子を掃討しつつ、少なくとも十年はこれまで以上に殿下の身の安全に気をつけるべきだ、と。元々、手紙の内容を真に受けたところでこちらに不利益があるようなこともなかったので、国王陛下もその進言を受け入れられた」

なるほど……とりあえずは、〈森の魔法使い〉さんの思惑どおりというわけですか。

「かなり徹底して不穏分子のあぶり出しを行ったので、少なからず批判も湧いたが、それでもその甲斐あって、殿下に仇なす不埒者は、表面的には一掃されたように思われた。これにて一安心と、皆はこの一件を忘れ去っていったのだが……」

「しかし、グレアム大臣だけは万が一のことを考えていた、と？」

わたしの合いの手に、グレアム大臣は力なく頷きます。

「ああ、万に一つでも殿下の御身に何かあったら大変だからな。真に不穏分子の掃討が完了したという確信がもてない以上、もしもの場合に備えずにはいられなかったのだ……。しかし影武者まで用意したのにこの有様だ……私は本当にこれからどうやって生きていけば良いのか……。部下にも本当に申し訳ないことをしてしまった……」

グレアム大臣はすっかり項垂れてしまいました。

「……しかし、妙じゃな」そこでルーナ様は独り言のように呟きました。「どのような魔法が掛けられていても、その対象者が亡くなればただ魔法が解けるだけのはずじゃが……。モルガナ様は何故そのようなことを……？」

ルーナ様が何やら意味ありげに呟いておられますが、今はグレアム大臣のお話が先です。

わたしは少し話題を変えます。

「ところで、私室へ侵入したとき、わたしの靴がどこに置いてあったか見ましたか？」

「靴？　ああ、凶器になったというガラスの靴か。いや、残念ながら見ていないな。正直それどころではなかったからな……」

それもそうですね。置いてあった場所がわかれば、どのような状況でガラスの靴が凶器として使われてしまったのか、という問題を解決するヒントになるかと思ったのですが……致し方ありません。わたしはまた話題を変えます。

「グレアム大臣は本当にオリバー王子のことを思っていらっしゃるのですね。何でも、自ら教育係を買って出たとか」

「……ああ。あのときはただの対抗心からの行動だったが……今では本当に我が子のように殿下のことを思っているのだ……。あるいはこれは、私の邪な心に与えられた罰なのかもしれないな……」

一人で勝手に納得してどんどん落ち込んでいきますが、それはさておき気になる言葉が。

「対抗心からの行動、というのはどういうことですか？」

するとグレアム大臣は少し恥ずかしそうに頭を掻きました。

「ん……？　ああ、まあ別に隠すことではないのだが……実は、先に名乗りを上げたのはサイラスだったのだ」

「サイラス大臣が？」

「ああ、是非ケヴィン殿下の教育係に任命してほしいと、陛下に直訴したのだ。私も、まさかあの〈鉄腕サイラス〉と恐れられた冷徹な男が、自ら殿下の教育係に名乗り出るなどとは思っていなかったから驚いてしまってな。だから負けじと、ならば私はオリバー殿下の教育係に、と名乗り出たのだ。オリバー殿下にはそのときすでに教育係がいたのだが、私は強引に代わってもらったわけだな」

「へえ……意外ですね」

サイラス大臣といえば、裁判のときの怖いイメージしかないので、そんな面倒見の良い一面があったとは驚きです。さらにあの厳しそうなサイラス大臣に育てられたはずのケヴィン王子は、その、奔放というか野性的というか……サイラス大臣とは正反対の性格のようにお見受けできるのも不思議議です。サイラス大臣は、ああ見えて意外と身内には甘いタイプなのかもしれません。

「サイラス大臣とグレアム大臣は、確か軍人時代からのライバルだったのですよね」

クロノア様が不意にまた新たな情報を放ってきます。

「ああ……懐かしいな」グレアム大臣は過去を思い返すように視線を遠くへ向けます。

「十代でこの国に軍人として仕えたときから、良き友であり良きライバルでもあった。そして私は剣で、やつは弓で名を上げた」

「〈剛剣のグレアム〉〈必中のサイラス〉といえば、今でも軍の伝説です」クロノア様は少し誇らしげです。

「ああ……それゆえに、やつを退役させてしまったことは、今も後悔している」

「後悔？　どういうことです？」

「任務の途中で私がしくじってな……それでやつに大怪我をさせてしまったのだ」悔恨するようにグレアム大臣は目を伏せます。「あれは……敵地への特別な潜入任務だった。私とサイラスの二人で、隠れ潜みながら敵地を進んだ。サイラスは父親が名うての猟師らしくてな。その影響か獲物に気づかれずジッと隠れ潜むような任務を得意としていた。その気になれば三日は飲まず食わずで気配を殺して身を潜められるらしい。対して私は、落ち着きがなくジッとしているのが苦手だった。そして耐えきれずに私が不用意な動きをしてしまったために……敵兵に見つかってしまった」

苛立たしげに、机の天板に拳を叩き込みます。

「やむなく我々は逃げ出したが、やつは右腕に敵の矢を受けてしまってな……それで二度と弓を引けなくなってしまったのだ。サイラスは……退役せざるを得なくなった」

「噂には聞いたことがありましたが、事実だったのですか」クロノア様も戸惑ったように息を呑みます。「では、サイラス大臣が胸に下げている鏃は、そのときの……？」

「ああ……自分を退役に追い込んだ、その鏃だ。戒めとして、身に着けているらしい。怪我をした右腕は甲冑で隠してな。本当は私がヘマをしただけなのに、やつはいつものように嫌みたらしく笑いながら、自分が未熟だっただけだと……。それでやつが文官に転じるというので、私も後を追って退役して文官となったのだ。やつの隣が、私の居場所だからな」

何だか素敵なお話です。サイラス大臣のことは、正直血も涙もない鬼ジジイだと思っていましたが、ちゃんと人間らしい過去があったのですね。せっかくなのでサイラス大臣の話も伺っておきましょう。

「サイラス大臣は今日まで出張しておられたようですが……出張にはよく行かれるのですか？」

「ああ、やつの功績によりこの国は、法治国家として先進国となった。諸外国もそれに倣うべく、サイラスに教えを請うているようだ。やつはいい歳をして、法による世界平和を夢見ていてな。だから諸外国の法整備のためであれば、いつだって喜び勇んで遠征する。だが、徹底した秘密主義者でもあるので、いつもどこへ遠征しているのかは誰も知らないようだ。やつはいつだってクールで、そして恥ずかしがり屋なのだ」

それはますます意外な評価です。何だかこういう男同士の友情、みたいなの良いですね。わたしもあやかりたいものです。

少ししんみりとしたところで——これまで沈黙を保ってきたライラお姉様が口を開きました。

「あの……部外者が差し出がましいようですが……事件のお話をしなくても大丈夫なのでしょうか……?」

急に現実に引き戻されます。そうでした、暢気に雑談に興じている場合ではありません。

わたしは首を振り、頭を切り替えてから話題を戻します。

「——とにかく、グレアム大臣が王子様のお部屋に侵入した理由はわかりました。そしてそれをひた隠しにした理由も。ちなみに、このことは王子様には……?」

「無論、話は通してあった。殿下のお召し替えのタイミングで、影武者と入れ替わっていただく予定だったのだ」

そういえば、わたしに靴を貸してくださるとき、王子様は好都合だ、というようなことをおっしゃっていました。なるほどあれはお部屋に戻るための口実を探していたのですね。

「お召し替えのタイミング、というのは何か時間で決まっていたのですか？」

「ああ、六時半と八時の二回だ。入れ替わりは八時の予定だったがね」

「……あれ？　でも、六時半には、王子様はお着替えしていませんでしたよ？」

「お召し替えとは言っても、殿下の休憩も兼ねていたからな。実際にお召しものを替えていただくのは、八時のほうと最初から決まっていたのだ。だから時間も五分ほどしか予定に組まれていないはずだ」

入れ替わりがお召し替えのタイミングだったのであれば、遺体が別のお召しものを着ていた理由も説明できます。

しかし、そうすると別の疑問が出てきます。靴を借りて会場へ戻る途中でケヴィン王子と鉢合わせしたとき、ケヴィン王子は遅かったから様子を見に来た、というようなことをおっしゃっていたかと思うのですが……。確かあのときは、五分ほどしか時間を使っていなかったはずです。それが元々予定されていたお召し替えの五分間だったのだとすると、あのときのケヴィン王子の言葉には少し違和感が残ります。

ひょっとしてケヴィン王子は、何か別の理由でオリバー王子の様子を見に来ていたのではないでしょうか。

疑問は尽きませんが、一旦保留にして話を先へ進めましょう。

「でも、どうして初めから入れ替わっておかなかったのでしょうか？　お話から察するに、本日がその〈森の魔法使い〉様のおっしゃった十年後の期限だったのだと推察しますが……ならば、今日一日、本物のオリバー王子にはどこか安全な場所に隠れておいていただいたほうが良かったのでは……？」

「……本来であればそうすべきだし、私もそうしたかった。しかし殿下が、自分の生誕祭のために集まってくれた民を誑かす真似はしたくないとおっしゃったのでな……それで折衷案として途中で入れ替わることにしたのだ」

ふむ。矛盾はなさそうです。

それからグレアム大臣は、今にも泣き出しそうなくらい顔を歪ませます。

「ああ……殿下……！　今もどこかで不安に押しつぶされながら震えているのだろうか……！　特に最近は心臓の具合もよろしくなさそうであったし……！　頼む、エラよ……！　一刻も早く殿下を見つけ出してくれ……！」

そんなことを言われましても、わたしにだって見当もつきませんよ……。しかし、心臓がお悪いのだとしたら、早く見つけて差し上げないと大変なことになりそうです。

困り果ててわたしが口を噤んだタイミングで、突然ドアがノックされました。

誰だ、とグレアム大臣が応じると、兵士の方が一人入ってきました。

「お取り込み中、失礼いたします！　こちらにクロノア裁定官と被告人が居らっしゃると聞き伝令に参りました！　間もなく審理が再開されますので、法廷へお戻りください！」

なんと……！　もうそんな時間ですか……！

情報は先ほどよりも格段に増えましたが、それゆえに事件自体が様相を変え、複雑になってしまった印象です。まだ情報の整理もできていませんし、当然真相などまるでわかりません。時間が……時間が圧倒的に足りません……！

頭を抱えるわたしのことなど一切気にせず、兵士の方は続けます。

「そして、ご報告が遅れておりました城の裏手、隠し扉出口付近の目撃証言の件ですが、事件前後、ある人物が複数の兵士により目撃されていたことが判明いたしました！」

「なんと、それは朗報です」クロノア様は興奮したように声のトーンを上げます。「いったい誰だったのですか？」

「それが、その……」

ここまでハキハキと報告していたはずの兵士の方は、急に言いにくそうに言葉を濁しました。どなたでしょうか。よほど報告しにくい方なのでしょうか。

何だかいやな予感を覚えていると、覚悟を決めたように兵士の方が叫びました。

「目撃されていたのは――ケヴィン王子です！」

第4章　シンデレラ、推理をする

1

わたしたちは再び聴衆の待つ臨時法廷へ戻ってきました。

最初の完全アウェイの空気感は多少和らいだように感じますが、まだわたしを王子様殺しの犯人として忌み嫌う鋭い視線が混じっています。完全に自らの無実を証明できたわけではないので致し方ないのですが……本当にこんな混沌とした事件を解決することができるのでしょうか……わたしは不安を誤魔化すように、隣に立つお姉様の小さな手をそっと握りました。

やがて審判席に王様とお妃様、そして裁判長であるサイラス様が着き、ざわついていた会場は波が引くように静まり返りました。

高らかに——サイラス様は木槌を打ち鳴らします。

「それでは審理を再開する。裁定官、この休憩時間に判明した新たな事実を説明せよ」

「——畏まりました」

恭しく頭を下げて――クロノア様は語り始めました。

「まずは皆さまが気になっておられるであろう、被害者の正体からお伝えいたします――」

そうしてクロノア様は、先ほどまでに判明した情報を上手く取捨選択しながら説明していきます。被害者の正体が、グレアム大臣が用意した王子様の影武者であったこと、王子様の私室には秘密の隠し扉があったこと、そしてその出口付近でケヴィン王子が目撃されていたこと――。ただし王子様が実は女性であったことや、〈森の魔法使い〉に魔法を掛けられていたことなどは伏せられました。おそらく聴衆の皆さんを必要以上に不安がらせないためでしょう。

「――以上の新たに判明した事実から、事件の様相は一変してしまったといって良いでしょう。しかし、だからといって被告人が無実であることを示す証拠は未だ何一つとして存在しません。あるいは、二度目に殿下私室へ入った際、影武者を殺害した可能性は依然残っています。さて、被告人。あなたはこの問題にどこから手を付けるおつもりですか？」

クロノア様は早速ボールを投げてきます。しかしこれは、今までのようなわたしを一方的に断罪するものではなく、こちらの考えを聞くための優しい問い掛けのように思えます。

ここは慎重に答えないといけません。

一度深呼吸をして、わたしはそれを口にします。

「――では、証人尋問をお願いします」

「誰を召喚しますか？」

「それはもちろん――ケヴィン王子です」

いきなり核心を突く言葉に、聴衆には早速どよめきが起こりました。

わたしがこれから行おうとしていることは、王族の一人を疑うという極めて不敬な行為です。反発があるのも当然と言えるでしょう。でも――真相を明らかにするためには、避けて通れないものでもあります。

「理由を説明いたします。まず、オリバー王子や真犯人が、私室の隠し扉から逃げ出した可能性があることは、皆さまもご理解いただけたことと思います。そしてその隠し扉は、お城の裏手に繋がっています。その裏手の出口付近で、事件前後、ケヴィン王子が目撃されていることはまず間違いのない事実です。そうですよね、クロノア様？」

「――はい。複数の警邏にあたる兵士からの証言ですので、ほぼ確実でしょう」

「では、そもそも何故、舞踏会の最中に、ひとけのないお城の裏手などにいたのか、まずはその事実確認を行う必要がある、というのが一点。そしてもう一つ、ケヴィン王子が事件前後、お城の裏手にいたとしたら、何か重要な目撃証言が得られるかもしれない、ということ。つまり、わたしは決してケヴィン王子を疑っているわけではないのです。これは真実を明らかにするために必要なことです。どうかお願いいたします」

深々と、わたしは丁寧に頭を下げました。

「――裁判長。私からもお願いいたします。今やケヴィン王子は重要な参考人です。どうか殿下をこの場に召喚する許可をいただきたい」

クロノア様は、わたしをアシストしてくださいます。やはりクロノア様も、真実を明らかにしたいようです。ただわたしを犯人として裁くだけでは——この事件は解決しないと、気づいてしまったのでしょう。

　渋るように黙り込むサイラス様でしたが、やがて低い声で答えました。

「——この状況ではやむを得まい。ケヴィン王子の証人尋問を許可する」

「ありがとうございます、裁判長」

　クロノア様は、早速部下にケヴィン王子をお連れするよう指示を出しました。

　数分が経過したところで、証言台にはこの国の第二王子であるケヴィン王子が立っていました。はっきり言って——この上なく異様な光景です。

　しかし、当のケヴィン王子は、何食わぬ顔で、むしろ余裕すら滲ませてニヒルな笑みを浮かべていました。

「——なんで俺が呼びつけられたのか、誰かに説明してもらおうかな」

「ケヴィン王子。あなたに証言していただきたいのは、今夜の行動についてです」

　クロノア様は、王族相手にも決して媚びを見せることなく続けます。

「正直に申し上げまして……殿下の今夜の行動には不可解な点が見られます」

「不可解？　どこがだ？　俺が、俺の城で、何をしようが俺の勝手だろう？」

「たとえば、午後七時少しまえ、あなたはオリバー王子の私室の前を通りすぎましたね？」

「……そうだったかな。覚えがないが」ケヴィン王子はあくまでも余裕の様子です。

「あなたに覚えがなくとも、目撃者が二人もいます。そして目撃証言によれば、あなたは私室前を通りすぎて非常階段を下りていったと。普段、使用されることのない非常階段を利用したのはいったい何故ですか?」

「さあ、覚えがないな」

「他にも、事件前後、あなたの姿を城の裏手で目撃したという証言が多数寄せられています。午後七時前後と午後八時前後の計二回も。ひとけのない裏手で、あなたは一人でいったい何をしていたのです?」

「目撃者全員が嘘を吐いているって可能性はないのか?」

「……いったい何のために?」

「決まってるさ」ケヴィン王子は肩を竦めました。「俺を嵌めるためだ。兄上が失踪した今、次期王位継承者は俺ということになる。だが、人望の厚かった兄上とは違って、俺は使用人や兵士たちに好かれていない。だから、そんな嫌われ者の俺から王位継承権を剝奪するために、みんなで口裏を合わせてるってのは、決してなくはないんじゃないか?」

　意外な言葉に、再びざわめきが起こります。

「……では、殿下は今の私の言葉が嘘であり、ご自身はその時間帯、どこか別の場所におられたと、そうおっしゃるのですか?」

　クロノア様の目つきが鋭くなります。ケヴィン王子の言葉を、逃げのための口上だと判断したのでしょう。確かにケヴィン王子の主張も、可能性としてゼロではないと思いますが、オリバー王子の居場所もわかっていないという状況の中、口裏を合わせてまでケヴィン王子を陥れるというのは少々やり過ぎな気がします。つまり、ケヴィン王子が嘘を吐いているということに――。

「――いや、今思い出した。確かに俺は兄上の部屋の前を通ったたし、城の裏手にも行った。すまんすまん、謀るつもりではなかったのだ、許せ」

意外なことにケヴィン王子は、すぐさま証言を翻してしまいました。嘘を吐くつもりではなかった……？　それとも、嘘を吐きとおせないと判断して、方針を変えた……？

王子様は諸手を挙げて、まるで降参でもするかのように続けました。

「わかった、正直に話す。兄上の部屋の前を通ったのは、人に見られずに城の裏手へ行くためだよ。今夜だけじゃなくて、いつも非常階段を使ってたから、俺にはそれが特別な行動だという認識がなかったんだ」

「いつも、ですか……？」クロノア様は眉を顰めます。「いったい何をしに……？」

「……これはあんまり言いたくはなかったんだが……まあ、俺が容疑者として疑われてるってんなら話は別だ。答えは――これさ」

ケヴィン王子は懐から何かを取り出しました。手のひらサイズの流麗な曲線を描く小物。あれは、まさか――。

「――パイプ、ですか？」

クロノア様の確認に、ケヴィン王子は、ああ、とまた肩を竦めて頷きました。

「煙草を吸うと、サイラスのやつがうるさくてな。やれ健康に悪いだのなんだの……まったく、過保護で嫌になるよ」

審判席のサイラス様に目を向けると、苦々しげにケヴィン王子を見つめていました。

「で、ではまさか、城の裏手で度々目撃されていたのは……？」

「ああ、こっそり煙草を吸っていたからだ」

　なるほど……そういうことでしたか……。不可解なケヴィン王子の行動にようやく合点がいきました。しかし、もし彼が真実を告げているのだとしたら、いくつか確認しなければならないことがあります。これが事実なのであれば……とんでもないことになります。

「ケヴィン王子。わたしからもよろしいでしょうか？」

「ん？　ああ、あんたは兄上の女か」

　わたしを初めて視界に収めたようにケヴィン王子はおっしゃいます。そういえば、オリバー王子に靴をお借りしたとき、廊下でお会いしたのでした。

「残念ながら、わたしとオリバー王子はそのような親密な間柄ではありません」

「そうかい、あんたみたいな上玉が勿体（もったい）ないな。何なら、俺がもらってやろうか？」

　ケヴィン王子の軽口に、何故か周囲が殺気立ちました。おそらくは……聴衆の女性陣が発した殺気でしょう。ケヴィン王子もオリバー王子と同様にとてもハンサムなので人気者なのです。

　謹んで遠慮いたします、と告げてからわたしは話題を戻します。

「ケヴィン王子は、事件の概要をご存じですか？」

「ああ、聞いている。影武者が死んだってのは……気の毒に思うよ」

「では、これまでの裁判の流れはすべてご存じである前提でお話を進めて参ります。もし何かわからないことがございましたら、その都度ご質問いただければ幸いです」

　わたしは逸（はや）る気持ちを抑えながら尋ねます。

「ケヴィン王子がお城の裏手にいらっしゃったのは、午後七時前後と八時前後の二度ということですが、これは間違いのない事実でしょうか？」

「ああ」

「ではまず、七時前後のほうですが、六時五十分頃、あなたは私室前の廊下を通りすぎるところを目撃されています。その後すぐに裏手に向かわれましたか？」

「ああ、近道だしな。兄上の部屋の前を通ったらすぐだ」

「喫煙時間はだいたいどれくらいだったか覚えていますか？」

「さあ……細かいところは覚えてないな。でも、いつも十分くらいだろ。あまり長く席を外してるとサイラスに疑われるからな」

「では、十分と見積もりましょう。つまりあなたは、六時五十分頃から七時頃までお城の裏手でパイプを燻らせていたことになります。その間、裏手でどなたかと会いましたか？」

「――いや、特に誰とも会わなかったな」

「オリバー王子のお部屋には隠し扉があり、その出口がお城の裏手に繋がっているそうです。もしもそこから誰か出てきたとして気づかない、ということは考えられますか？」

「その出口とやらが具体的にどこにあるのかは知らんが、裏手は見通しも良いしひとけもないから、突然誰か現れたら絶対に気づくと思うぞ」

ケヴィン王子はちらりとクロノア様を見やります。すぐにその視線の意味に気づいたように、懐から見取り図のようなものを取り出してクロノア様は答えました。

「――出口はこのあたりです」

「なるほど、じゃあ絶対に気づくな。そもそも俺はその出口とやらの目の前で煙草を吸ってたんだから」

言質は取りましたが……あまり素直に喜べる状況ではなさそうです。それでもわたしはめげずに続けます。

「……では、二度目のときはどうでしょうか。このときは私室前を警備していたマシュー様に目撃されていないようですが……非常階段を使わなかったのですか？」

「ああ、そのときは会場から直接向かったからな。いつものように遠回りをしても良かったが、どうせ誰も俺のことなんか気にしてないと思って、直接裏に向かったよ」

「そのときの時刻は覚えておられますか？」

「そう、だな……確か、兄上の着替えの時間だと思ったから、八時少しまえだったかな」

「その際も、喫煙時間は変わらず？」

「いつもどおりだったから、やっぱり十分くらいだ」

「……ちなみにそのとき、どなたか目撃されました？」

「いや、静かなもんだったよ」

「――なるほど、ありがとうございました」

わたしは礼を述べて早々に引き下がりました。的を射ないわたしの質問に不信感を抱いたのか、クロノア様が突っ込んできます。

「被告人、あなたはケヴィン王子から何かを聞き出したかったのではなかったのですか？」

「いえ……必要なことはもう聞き終えましたので」

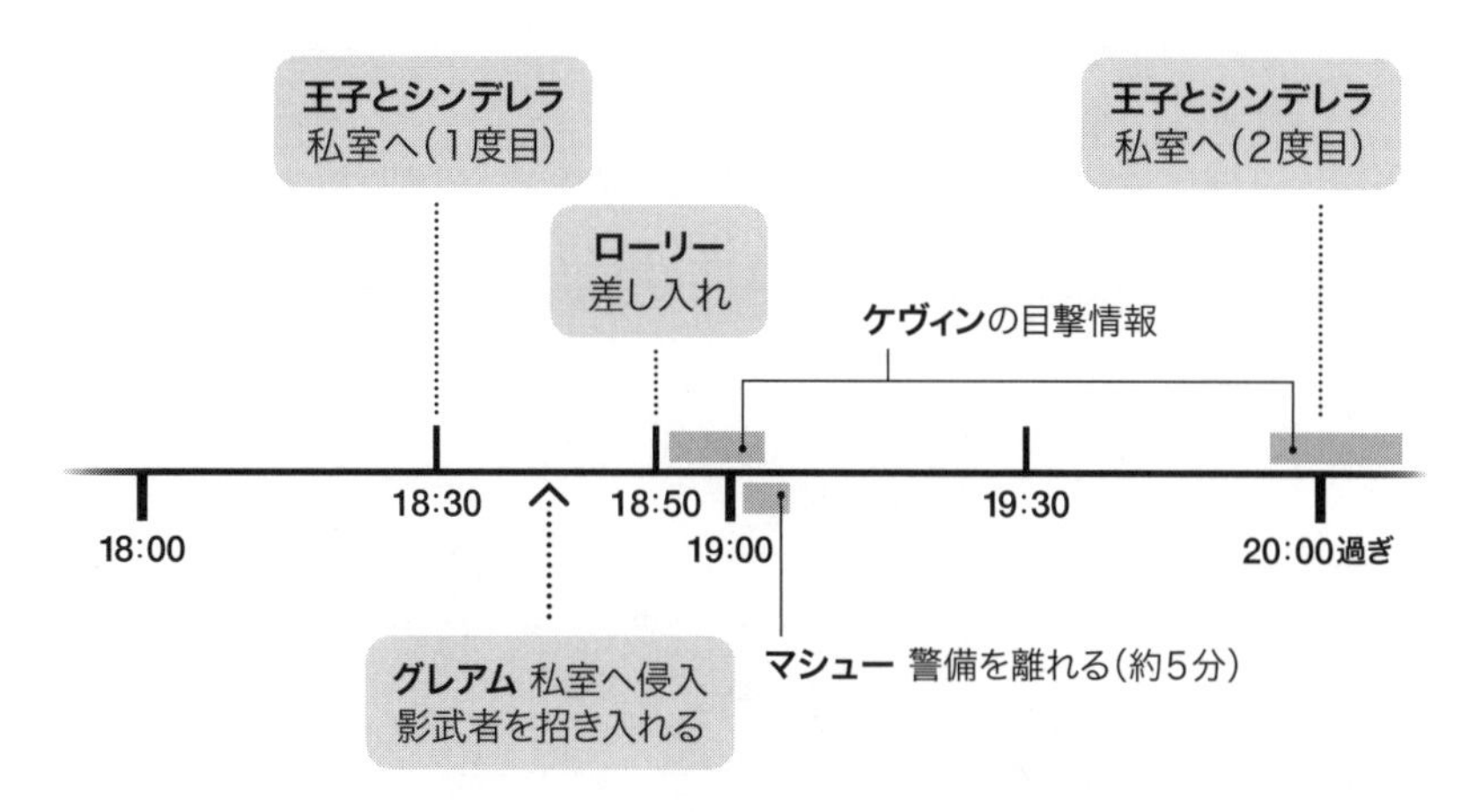

「……どういうことです？」怪訝そうにわたしを見やります。

「状況を、少し整理してみましょう」わたしは努めて冷静に答えます。「休憩まえの裁判で、犯人はマシュー様が警備を離れた五分間に私室へ侵入した可能性が高いことが明らかになりました。そして、これは後ほど判明した事実ですが、六時四十分前後にはすでに室内に影武者様がいたことになります。ですので、その後侵入した犯人が影武者様を殺害した、とするのは状況的に考えてもおかしなことではありません」

わたしは頭の中で簡単に時間毎の出来事をまとめます。

「――犯行を終えた犯人は、隠し扉から外へ逃げました。この時点では、ケヴィン王子はもう裏手にはいらっしゃらないので誰にも目撃されることなく脱出することが可能でしょう。ここまでは、良いのです。問題は、わたしとオリバー王子が二度目に私室へ入ったときです。マシュー様という目撃者がいる以上、わたしがオリバー王子と二人で私室の中へ入ったのは間違いのない事実と見てください。そしてそれは午後八時過ぎです」

「あっ……！」

不意にクロノア様が声を上げられました。おそらくわたしの言わんとしていることを理解されたのでしょう。わたしは深々と頷いてみせます。

「――そうなのです。休憩まえの裁判の最後、わたしはオリバー王子の私室には論理的に考えて隠し扉がある、と予見しました。そしてそれは調査の結果、事実でした。でもそれは……ただの偶然だったのです」

「偶然？　どういうことだ？」証言台のケヴィン王子が首を傾げます。

「論理的に考えて隠し扉がある、と判断したのは、オリバー王子ではない何者かの遺体が転がっていて、王子様自身が忽然と姿を消してしまったことに対する唯一解からです。隠し扉が存在しなければ、王子様の失踪を説明できないので、『存在する』と仮定したわけですね。でも、実際にはその隠し扉は使われていなかった」

「どうして使われなかったなんてわかるんだよ？」

「簡単です。その時間はケヴィン王子が隠し扉の出口を見張っていたのですから」

「――ああっ！」

先ほどのクロノア様同様、いえ、それ以上に大きな声を上げるケヴィン王子。

「……そうです。ケヴィン王子はその時間、隠し扉の出口から出てくる人を誰も見ていないのです。だから少なくとも遺体発見前後――隠し扉は使われなかったことになります」

「し、しかし被告人」クロノア様が割って入ります。「隠し扉入口から出口までは結構距離があります。あるいはその隠し通路の中でケヴィン王子が立ち去るのを待ってやり過ごしたのかも……」

「その可能性は低いと思います」わたしは静かに首を振ります。「ケヴィン王子があの時間、出口前でパイプを燻らせていたのはあくまでも偶然です。だから本当に隠し扉が使われたのだとしたら、犯人やオリバー王子は勢いよく出口から飛び出して、そこにいたケヴィン王子と鉢合わせていなければならないのです。それに一刻も早く遠くへ逃げたいはずの状況で、通路に留(とど)まっていたとは考えにくいでしょう」

「それは……そうですね……」クロノア様は不承不承頷きます。

「つまり——ケヴィン王子の証言により、オリバー王子失踪の謎がまた振り出しに戻ってしまったというわけです」

　聴衆の中からも落胆の声が響きます。まだ数は少ないのでしょうが、数名はわたしが無実であると考えて、事件の真相が明らかになることを望んでくださっているのでしょう。ですので、そんな方たちを落胆させてしまったのは、わたしとしても心苦しいです……。おまけに希望だったはずのケヴィン王子の証言が想定外の結論を導き出してしまったため、これからどうやって裁判を進めていけば良いのかわからなくなってしまいました。

　必死に頭を回しますが、良いアイディアなどそうそう思い浮かぶものではありません。結局、何かが閃(ひらめ)くよりも先に、サイラス様が木槌を打ち鳴らす音で我に返りました。

「——よろしい。ケヴィン王子はもうお下がりください」

「そうか。これから面白くなるところだったのにな」

サイラス様に促され、ケヴィン王子は残念そうに証言台を去って行きました。

後には奇妙な静寂だけが残されます。きっと聴衆の皆さんも、この事件の見方がわからなくて対応に困っているのでしょう。

不意にクロノア様が口を開きました。

「——とにかく、一つずつ問題を解決していくしかありません。殺人事件のほうに思考を限定してしまえば、実際問題、マシュー兵士が席を外した五分間に犯行が行われた可能性が非常に高いのは事実です。まずはそのあたりをもう少し具体的にしていくべきかと思うのですが……如何(いかが)でしょう？」

水を向けられ、わたしは我に返ります。

そうです。悩んでいても仕方がありません。今は、前に進むしかないのですから——。

「——わかりました。では続けて、今一度ローリー様の証人尋問をお願いいたします」

2

再び証言台に立たされたローリー様は、どこか不機嫌そうな様子でしたが、それでもやはり妖艶で美しいです。先ほどと変わらず給仕服のみで、アクセサリィ一つ身に着けていませんが、彼女の美しさにはあまり影響がないようです。しかし……やはりどうしても彼女の立ち姿には違和感を覚えてしまいます。何かが足りないような……。

「──何故わたくしがまた呼び出されたのか、どなたかご説明くださいませんか？」

ローリー様は満面の笑みでそう尋ねますが、声には明らかに怒りの色が混じっていました。どうにかしてあまり波風を立てないよう尋問したいところです。

「お呼び立てしてしまって申し訳ありません。実は今一度、マシュー様に差し入れをしたときのことを証言していただきたいのですが……」

「お断りいたしますわ」

きっぱりと、わたしの提案をローリー様は突っぱねました。

「先ほどもそうでしたが、あなた、わたくしのことを疑っているのでしょう？　マシュー様への差し入れに毒を混入して、彼をお手洗いに行かせた隙に室内へ侵入したと、そう考えているのですわよね？　わたくしに無理矢理証言をさせて、記憶違いの揚げ足を取り──わたくしに罪を被せようと必死であることが手に取るようにわかりますわ。ならばわたくしは──そのような不当な扱いに対して、断固として拒否を申し立てますわ」

予想外の言葉でした。わたしは上手く切り返すことができず、二の句を継げずにいます。

「確かにわたくしには、それが可能であったかもしれません。ですが、それと同時にやはりわたくしがそれをやったという証拠もないのではございませんか？　だからこそ、わたくしの証言から無理矢理状況証拠をでっち上げて、わたくしを犯人扱いしようとしている……。なんと浅ましく恐ろしい人なのでしょう……。そのような邪な思いを抱くことこそが、被告人の罪の証なのではないでしょうか！　聴衆の皆さま方！　どうかわたくしの無実の声をお聞き入れください！　そしてこの憐れな罪人に、断罪の声を上げましょう！」

彼女の悲痛な叫びに呼応するように、聴衆はざわめき出します。そしてその声はやがて大きなうねりとなり、広間中に響き渡ります。

サイラス様が木槌を鳴らして静めようと試みますが、それすら誰の耳にも届くことなく、ただ感情の爆発のような鬱屈した気持ちだけが悪意となってわたしに襲い掛かりました。

これは……明らかに証人の選定に失敗しました。

確かに彼女の言うとおり、彼女の証言から矛盾を引き出そうとしていたことは事実です。しかしそんなわたしの安易な考えは見抜かれ、逆に利用されてしまったようです。

これまで聴衆の皆さまは、努めて冷静に裁判の行方を見守っていてくださいました。しかしそれは、気づかないうちに皆さまのストレスになっていたのかもしれません。被告人であるわたしは、屁理屈を並べ立てて一見簡単に見えた事件を複雑化してしまいました。すべては、自分の無実を証明するための行動だったのですが……それは少なからず、ただ言い逃れをしているだけにも映ってしまったのでしょう。

わたしは可能な限りロジカルに見えるよう、わたし以外にも犯行が可能な人間が存在することを示しました。でも、今やその意義もこの熱気の中では意味を成しません。

答えの見えない事件を考えることに疲れ果てた聴衆は、思考を停止し、初めの結論である『やはり被告人が犯人である』という安易なものを支持してしまいました。そしてその果てに彼らが望むことは、わたしを断頭台送りにすること。

結局、聴衆には真実などどうでもいいのかもしれません。彼らは、日常の鬱憤を晴らすだけの刺激さえあれば、それだけで満足なのでしょうから――。

「静まれィ！」

突然――聴衆の怒声すらも凌駕する大音声が響き渡りました。有無を言わさぬその気迫に、ぴたりとざわめきが収まりました。数秒まえの熱狂とは打って変わって、重苦しい沈黙が場を支配しています。

声の主は――なんとウォルター陛下でした。これまで頑なに沈黙を保ってきた陛下は、込み上げる怒りを必死に抑えるように小刻みに震えながら怒声を上げました。

「今は神聖な審理の最中である！　真実から目を逸らし、いたずらに騒ぎ立てるだけの不心得者は疾く去るが良い！」

しん、と。空気が重たくなったように会場は静まり返りました。

最愛の息子の命を奪われ、この中で誰よりも怒りに震えているはずの王様の一喝は、聴衆の心を強く打ったようです。

そこで、カンッ――、と乾いた木槌の音が鳴り響きました。サイラス様です。

サイラス様は王様に一礼を向けてから、改めて話を戻します。

「――証人の主張にも、一理ある。被告人は、証人に疑惑の目を向けながら、その実、証人と事件の関与を示すことができていない。裁定官、如何だろうか？」

急に水を向けられながらも、クロノア様はすぐに冷静に応じます。

「――おっしゃるとおりです。現状、すでに証人は一度証言を終えています。その上で、事件との因果関係は確認できなかった。それは被告人が一番よくわかっているのでは？」

「……そう、ですね」頷かざるを得ません。

「ならば、本法廷として、彼女は事件とは無関係の証人であると考えざるを得ません。これ以上の不当な尋問を続けるのは、彼女がそれを拒絶する以上、権利を脅かすものとして、絶対に許すことはできません」

つまり、マシュー様のコーヒーに下剤を入れたという証拠、あるいはマシュー様が警備を離れた瞬間私室へ入ったという確たる証拠のようなものがなければ、これ以上ローリー様をこの裁判に関わらせることができない、ということです。そしてそんなものがあればとっくの昔に提示しています。何もないから、証言の矛盾を頼りにして追及していこうとしていたのに……道を絶たれてしまいました。

目の前が少しずつ暗くなっていくような気持ちに苛まれていたところで……一筋の光が差しました。

「しかし——先ほども申し上げましたとおり、ローリーさんが怪しいこともまた事実です。マシュー兵士の腹痛を、偶然と捉えるのは少々難しいですからね。そこで——被告人。一つだけ、チャンスを与えましょう」

クロノア様は、どこか同情的な視線でわたしを見据えて告げます。

「最後にもう一度だけ証人への質問を認めます。そしてその質問だけで、審理に値するような彼女と事件の関係性を示してください。それができなかった場合、彼女は無関係ということで退廷していただきます」

「——」

さすがに冷や汗を掻きます。あと一回の質問だけで、彼女と事件の関係を証明することなんて絶対に不可能です……！　でも、チャンスを頂けただけ幸運だったとも言えます。おそらくクロノア様も引っ掛かってはいるのでしょう。ですが、これ以上この不毛な議論を長引かせて王様や聴衆から反感を買うことも避けたい。そこで最後の判断をわたしに託した、ということころでしょうか。評価していただけているようですが……あまりにも難題です。

「……ねえ、シンデレラ。そんなこと本当にできるの？」

ライラお姉様がわたしにだけ聞こえる小声で不安そうに呟きます。

「……難しいですね」わたしは正直に答えます。「ローリー様を尋問しようとしたのは失敗でしたね……まさかここまで追い詰められるなんて……」

「クロノア様の言うように、何か事件との関係を示すものはないの？」

「そんなものあったらとっくに提示していますよ……とにかく万策尽きた感じです」

「諦めないでよ！　いつものふてぶてしいくらい自信たっぷりなあんたはどこ行ったの！」

お姉様はまた、悔しそうに涙目で訴えてきます。

「たった一回の質問で、事件との関係を示せなんて……そんなの無理に決まってるじゃない……！　重要な証拠品でも身に着けているのなら話は別だけど、あの使用人はそんなもの何も身に着けていないし……！」

「…………？」

お姉様の言葉が頭の片隅に引っ掛かりました。これ、先ほどと同じパターンなのでは？お姉様の言っていることが間違っているわけではありません。実際、ローリー様が何か証拠になり得るものを身に着けているはずもありませんし……。

わたしは最後のチャンスだと思って、必死に脳みそを回していきます。

そしてようやく——そのあまりにもシンプルな事実に思い至りました。

「——お姉様。やはりお姉様は最高です」

「……は？　また突然何をわけのわからないことを」

「見つけたんです、重要な証拠を」

え、と惚けたお顔をするお姉様から視線を外し、わたしはローリー様に向き直ります。

「——それでは一つだけ。ローリー様、とても大切なことなので慎重にお答えください」

「なんでしょう、改まって……怖いですわ」

ローリー様は余裕の表情で笑います。わたしは、真っ直ぐに彼女を見つめて問います。

「〈双頭の鷲〉のマン・ゴーシュは今どちらへ？」

3

そう。

証言台に立つ彼女を目にしてからずっと抱いていた違和感の正体——それは、このお城の使用人であるはずの彼女が、マン・ゴーシュを身に着けていなかったことなのです。

周囲のざわめきをどこか遠くの音のように聞きながら、わたしは動揺を示すローリー様の様子を見て、やはり彼女は事件に無関係ではないと確信を得ます。

狼狽(うろた)えながら彼女は答えました。

「あ、あれは……実は刀身のクリスタルに傷をつけてしまったので、怪我(けが)をしたらよくないと思い、今日は一日身に着けずに過ごしていて……」

「本当ですか？　では念のため、マシュー様に再び証言していただきましょう。もしかしたら、コーヒーを差し入れた際、あなたがマン・ゴーシュを身に着けていたか否かを覚えているかもしれません。もしくは、そのときのあなた方を目撃されたケヴィン王子でも――」

「ま、待って！」

ローリー様の動揺は止まりません。両眼(りょうめ)を左右に泳がせて必死に何かを考えています。

「あれは、そう！　差し入れた後のことでしたわ！　申し訳ありません、記憶違いでした！　差し入れをしたあと、お仕事の途中で傷つけてしまったのですわ！　とんだうっかりさんでした！」

「では、その傷つけてしまったマン・ゴーシュはどちらに置いてあるのでしょう？　兵士の方に今から取りに行っていただきましょう」

「ど……どこだったかしら……ごめんなさいね、最近どうも物忘れが激しくて……」

だらだらと額から冷や汗を流しながらローリー様は両手を虚空に彷徨(さまよ)わせます。必死になりすぎてパニックに陥っているものと思われます。

「――申し訳ありません、被告人」

そこでクロノア様が至極落ち着いた口調で問い掛けてきました。

「説明をお願いします。ローリーさんがマン・ゴーシュを身に着けていないことが、それほど重要なのですか？」

「はい、これは極めて重要なことです」

わたしは一度頷き、頭の中で考えを纏めます。

「ずっと、疑問に思っていたのです。何故、凶器がガラスの靴だったのだろう、と。わたしは犯人ではないので、つまりそれは犯人が意図的に選択したということになります。では何故、犯人はわざわざガラスの靴などという凶器に相応しくないものを凶器としたのか……。それで思ったのです。ひょっとして――そもそも凶器はガラスの靴ではなかったのでは、と」

「まさか――マン・ゴーシュ⁉」

クロノア様もその可能性に至ったようで、目を見開いて身を乗り出します。

「そのとおりです」わたしは微笑んで頷きます。「犯人は、この国に仕える者の証である〈双頭の鷲〉のマン・ゴーシュによって被害者を背後から撲殺したのです。剣と言っても、クリスタル製なので切ったりすることはできませんが、それでもある程度の重さはあるので鈍器として使用することは可能です。……しかし、ここで一つ問題が発生しました」

そこで一度周囲を見渡し、わたしは告げました。

「犯行の衝撃で――クリスタルが砕け散ってしまったのです」

その指摘に、ますます周囲のざわめきは大きくなります。さすがに見かねたのか、審判席のサイラス様が、静粛に！　と木槌を打ち鳴らしました。

それでもわたしは捲し立てるように続けます。

「犯人は焦ったはずです。すぐにでも逃げ出さなければならない状況で、すべての破片を回収することなど不可能。しかし、クリスタルの破片を現場に残していっては、凶器が〈双頭の鷲〉のマン・ゴーシュであると喧伝するようなものです。そして自分のマン・ゴーシュを破損してしまった以上、その罪は遠くない未来に暴かれることになります。それだけは――避けたかった。だから必死に考えて、そして起死回生の手段を思いつきました。それが、王子様のお部屋に置かれていたガラスの靴を凶器に偽装することだったのです」

「何という……まさか……」

信じられないという表情で、クロノア様は言葉を呑みます。

どうやら……無敗の裁定官様も捨て置けない、新たな可能性を提示することができたようです。あくまでもまだ状況証拠に過ぎませんが――これでローリー様が事件とはまったくの無関係とは一概に言い切れなくなったはずです。

クロノア様は、改めて証人台のローリー様を見やります。

「証人、どうか誠実な回答をお願いします。今あなたには、殿下の影武者殺害の容疑が掛けられているのです。無実なのであれば、マン・ゴーシュをお持ちではない正当な理由をお話しください」

「…………」

ローリー様は俯いたまま肩を震わせて口を噤んでいました。もしかしたら、観念して泣いているのでは……？　そう思った矢先、何かが弾けたように突然大声で笑い始めました。

「あはははは！　そう、やるじゃない！　それがあんたたちのやり口ってわけね！」

まるで人が変わってしまったかのように、ローリー様は不気味な哄笑を上げ続けます。

やがて満足したのかぴたりと笑いを止めると、ローリー様は不敵な笑みをお顔に貼りつけながらわたしを見やりました。

「あんた……可愛い顔してなかなかしたたかじゃない。自分が生き残るためなら何でもするって姿勢、嫌いじゃないわよ」

てっきりわたしのことを殺したいほど憎んでいるものと思ったのですが、意外にも好意的な様子です。

「ありがとうございます」念のため礼を述べてから、改めて尋ねます。「それでその……ローリー様は、やはり影武者様を……？」

「そうね、まずはその誤解を解いていこうかしら」

あけすけにそう言って、ローリー様はまた不敵に笑います。

「――皆さまお初にお目に掛かります。わたくし、暗殺業を生業としている〈深森の請負人〉でございます。同業には〈殺戮兵器〉と恐れられております。以後お見知りおきを」

またどよめきが起こります。暗殺者――つまり、王子様を暗殺するために雇われたということですか。殺戮兵器云々という言葉に聞き覚えのある人もいるようで、広間は一時騒然となりました。サイラス様の再びの木槌により、多少は静かになりましたが、やはり衝撃的な告白だったこともあり、ざわつきのようなものが残ります。

わたしに代わってクロノア様が引き継ぎます。

「……確かあなたは、一ヶ月ほどまえに使用人として入ったということでしたね。では、そのときからずっと暗殺の機会を窺っていたということですか？」

「いえ、それは違いますわ、クロノア様」もうすっかり余裕を取り戻した様子でローリー様は答えます。「初めから、今日あの時間に王子様を暗殺するよう仰せつかって、わたくしは使用人として潜り込みましたの。しかも、マン・ゴーシュを凶器に指定されて、ね」

「あなたの雇い主はいったい誰ですか！」

「さあ、それは知りませんわ」わざとらしく肩を竦めます。「手紙でやり取りをしていましたが、すべて焼却してしまいましたし。〈深森の請負人〉は、クライアントを選びませんの。ただ任務の危険度に見合う報酬さえ頂ければ――何でもやりますわ」

ローリー様は、妖艶に笑い舌なめずりをしました。まるでその姿が獲物に狙いを定めた蛇のように見えて、わたしはブルリと震え上がります。

「ですが――クロノア様、一つだけどうしても申し上げておきたいことがございます」

「……なんでしょう？」

「実はわたくし――王子様の暗殺に失敗しましたの」

「――――は？」

つい先ほどまで眉間に皺を寄せていたクロノア様が、不意に何とも気の抜けた声を上げました。しかし、その気持ちもわかります。それほどローリー様の言葉は、理解しがたいものでしたから。

「な、何を今さら……言い逃れができる状況だとでも思っているのですか……？」

「言い逃れだなんてとんでもない。紛れもない事実ですわ」

どこか苦しそうに言葉を発するクロノア様に、ローリー様は鋭い視線を向けます。

「第一、わたくしは誇り高き〈深森の請負人〉です。暗殺という裏稼業ではありますが、この仕事に自信と誇りを持っています。そのわたくしが、暗殺に失敗したなどと――言い逃れでも口にするとお思いですか。そのような恥ずかしい言い逃れをするくらいならば、わたくし今この場で舌を嚙み切って自害しますわ！」

ローリー様の気迫に、クロノア様は言葉を呑みます。暗殺者としての殺気というか、とにかく眼力が半端なく強いので否応なく説得力を感じさせます。

少なくともわたしには――この方がその場限りの嘘を吐いているようには見えません。

「……では、ローリーさん。あなたの身に起こった本当のことを証言してください」

「もちろんですわ。わたくしも真犯人を是非捕まえていただきたいですから」

肩に掛かる髪を無造作に払ってから、ローリー様は淡々と語り始めました。

「先ほど申し上げましたとおり、わたくしは一ヶ月ほどまえ、王子暗殺の任務を受け、お城に使用人として潜り込みましたの。依頼人は不明ですが、前金で金貨百枚、成功報酬でさらに百枚という破格の依頼でしたからね。あまりリスクの高すぎる仕事は受けない主義なのですが、特別に今回は引き受けました。ちなみに、お城に潜り込んだのは手引きをされたわけではなく自力でのことなので、そこから依頼人を探すことは不可能でしょう」

急転直下の展開に、今や聴衆を含め広間にいる全員が彼女に注目しています。

「マシュー様に近づいたのも、任務のためです。マシュー様だけでなく、犯行に指定された舞踏会当日、この閑職とも言える王子私室警備を与えられそうな窓際人材の皆さまに、お声掛けをさせていただきました。わたくし、殿方の人心掌握は得意ですので」

確かに魔性の女、という感じです。それにしてもマシュー様、気の毒が過ぎます。

「そして本日、マシュー様に下剤入りのコーヒーを差し入れして、警備が解けたところで、わたくしは中へ侵入しました。そのまま私室に隠れ潜み、王子様が戻ってき次第殺害し、隙を見て逃げ出す。わたくしの中ではそのように予定が決まっていたわけなのですが――実は、侵入した時点で王子様は亡くなっていたのです。もちろん、お顔も切り刻まれた状態でした。もっとも、それは王子様ではなく影武者だったようですが」

大きなざわめきが起きました。もしかしたら、今日一番のものだったかもしれません。それほどまでに――彼女の証言は理解しがたいものでした。

「ま、待ってください……！」さすがのクロノア様も苦しげに片手で頭を抱えます。「つまり、あなたが侵入した七時過ぎには、もうあの遺体が私室にあったと……？」

「はい、まさしく、そのように申し上げておりますわ。そしてわたくしは、自身が依頼主に嵌められたのだと気づき、急いで部屋を出るとそのまま慌ててマン・ゴーシュを破壊して捨てました。凶器をマン・ゴーシュに指定されていたのは、そのための工作なのだと思いましたし、実際遺体の周囲にはガラス片が散らばっていたので……」

殺害するつもりだった標的が、まさかすでに死んでいようとは、きっとローリー様も困惑されたことでしょう。

「本来ならば、すぐにでも逃げ出すべきだったのでしょうが、わたくしを嵌めた不届き者の尻尾を摑むまでは、おいそれと逃げ出せません。ですから、様子を窺っていたのですが……どうやらそれは悪手だったようですわね」

あくまでも余裕を滲ませるローリー様。クロノア様は顔をしかめて尋ねます。

「あ、あなたはその証言の意味を本当に正しく理解しているのですか……？　私室の中に潜んでいた影武者を殺害できる唯一の機会が、マシュー兵士が警備を離れたとき——つまり、まさにあなたが侵入したタイミングなのです。にもかかわらず、その時点ですでに影武者は亡くなっていたなどと……」

「無論、理解していますわ。そしてそれが、どうしようもなく矛盾するものであるとも」

信念を持った力強い視線でクロノア様を見返します。

「あり得ません！　あなたは罪を逃れるためにデタラメを言っている！」

「デタラメならもっとマシなことを言いますわ！」

興奮した様子で、お二人は言い合いを続けます。

でも、確かにローリー様のおっしゃることもわかるのです。言い逃れにしては少々お粗末が過ぎますし、少しお話しした印象でもローリー様は頭の回転が速そうでしたので、その気になればもっとマシな言い訳も思いつきそうな気がします。

だからといって全面的にローリー様が信じられるかというと、ことはそう単純ではないのですが……。

「あの、ローリー様。わたしからも質問をよろしいでしょうか？」

「何でもどうぞ」ローリー様はあくまで余裕の様子で髪を払いました。

「では遠慮なく。ローリー様は、犯人の罠だと気づいたのでマン・ゴーシュを破壊したのですよね？」

「ええ。計画の内容から考えても、真犯人は間違いなく王城関係者です。ならばきっと、わたくしのマン・ゴーシュには凶器を特定するような何らかの仕掛けが施してあるに違いありませんから」

その可能性は十分に考えられると思います。一ヶ月もあれば、こっそりローリー様に近づいて彼女のマン・ゴーシュに何らかの仕掛けを施す機会もあったはずです。でも――。

「でも、ローリー様は現場でガラス片を目撃していたのですよね？　そしてそれを見て、すぐさま凶器がマン・ゴーシュであることにも気づいた。ならば、ご自身のマン・ゴーシュを破壊して証拠隠滅を図るよりも、無傷のマン・ゴーシュを所持していたほうが、無実の証明になるとは考えなかったのですか？」

凶器が砕けたことまで予想できていたのであれば、当然、砕けていないマン・ゴーシュを所持している者に疑いが掛かることはないはずです。

実際問題、ローリー様のマン・ゴーシュには細工がしてあったのかもしれません。しかし、影武者様殺害のときに凶器として用いたマン・ゴーシュは偶然砕けてしまった。おそらくこれは犯人も予想していなかったことだと思います。だからきっと、この時点で犯人は、ローリー様のマン・ゴーシュに施した細工を利用する計画は棄却したはずなのです。

わたしの言葉を熟考するように、ローリー様はしばし目を細めて虚空を睨みつけ――。

「……その発想はありませんでしたわ」

あっさりと失策を認めました。この暗殺者、思いのほかドジっ子のようです。

「でも咄嗟にそこまでは考えられませんわ！　まさかターゲットが先に殺されていたなんて夢にも思いませんでしたし、おまけに遺体のお顔は酷い有様で……！　動揺のあまり多少短絡的に動いてしまったとしても、誰もわたくしを責められないはずです！」

それはまあ、そうかもしれませんが……。その短絡的行動のために今ピンチなのは、紛れもない事実ですし……。

ますます混迷を極めつつあった状況の中、サイラス様の打ち鳴らした木槌の音が、高く広間に響きます。

「――クロノア裁定官。いい加減、そろそろ結論を出してもらいたいのだが」

「……申し訳ありません、裁判長」クロノア様は慌てたように頭を下げます。「なにぶん、事件の全体像があまりにも混沌としており、その中から真実を見出すことが困難で……」

「提示された証言、情報から真実を見つけ出すのがきみの仕事ではないのか」

「……おっしゃるとおりです。ただ状況を説明するだけならば、私の中にも仮説はあるのですが……。しかし、それはあまりにも――」

「あまりにも――なんだ？」

サイラス様は、威圧するように声を低くしてクロノア様を睨みました。

「まさか被告人に絆されて、真実を見る眼を曇らせているのではあるまいな？」

「あ、あり得ません！」

胸の内を見透かすようなサイラス様の言葉を、クロノア様は必死に否定します。

「犯罪者に情けを掛けるな――あなたに授けられたこの教えは、今も強く心に灯っております！」

「だが、実際に今、迷いを見せている」

冷たい目をして、サイラス様は審判席からクロノア様を睥睨します。

「迷ったならば思い出せ。己が原風景を。真っ暗なクロゼットの中で、叫び出したいのを必死に堪えながら震えていることしかできなかった幼い自分を」

「――っ！」

その言葉で、クロノア様は途端に顔をしかめて歯を食いしばりました。まるで忘れていた古傷の痛みを思い出したような悲痛な表情です。それでもサイラス様は捲し立てるように続けます。

「愛すべき家族が理不尽に殺されていった光景を想起しろ。父の頭蓋が割られた音を。腹を割かれる母の叫びを。至近距離で銃撃を受けて四散した妹の無念を。そして――薄笑いを浮かべていた凶悪な犯罪者の顔を！」

「うぅ……！」

「犯罪者を許すな。徹底した裁きこそが、犯罪の抑止力となる。そしてそれだけが無辜の民を犯罪から守る砦となるのだ。裁定官は人ではない。感情を排して法を行使する、いわば神の代行者なのだ。――天国の家族のために、心を棄てよ、クロノア」

「………………はい」

クロノア様は――底冷えするほど冷たい声で答えました。サイラス様は満足そうに頷きます。

「では、いつものように早く裁判を終わらせたまえ。聴衆諸君もそろそろ飽き飽きしているることだろう」

「――御意」

一度恭しく頭を下げて――再び顔を上げたとき、クロノア様の様子は一変していました。

それはさながら鋭く研がれた抜き身のナイフ。

一切の感情を排し、人であることさえ忘却した、法の番人の姿がそこにはありました。

すぅ、と一度深く息を吸ってから、クロノア様はよく通る低い声で語り始めます。

「――これよりこの荒唐無稽な殺人事件を説明するための唯一解についてお話ししましょう。といっても、実はそれほど難しいものではありません。たった一つの決定的な嘘が、事件全体を複雑に見せていただけなのです」

何を、言い出すつもりなのでしょうか。

わたしは逸る鼓動を必死に抑えようとしますが、上手くいかず呼吸も浅くなります。

彼に続きを喋らせてはならない。わたしの心がそう大声で警告しているのに、それを止めることができず、わたしはただただ黙って彼の言葉に耳を傾けます。

「では、いったいその嘘とは何なのか……答えはすぐに見えてきます。そう、今夜この王城内で魔法が使われなかったという証言こそが大いなる虚言だったのです！」

4

それ、は――。

これまで推理の大前提だった仮定の否定。

「先代王宮魔法使い殿は、去年までこのお城で働かれておりました。つまり、今の王宮魔法使い殿は、わずか一年ばかりの新任ということになります。先々代の推薦ということにはなっておりますが……彼女の言うことを、無警戒に信じてしまって本当に良いものなのでしょうか？」

クロノア様の問い掛けに、再びどよめきが起こりました。

非常に上手い論法です。確かに魔法の厳密な規則は、ルーナ様の証言のみに依存しています。彼女がこれまで得た信用こそが、その担保になっているわけです。これがもし先々代や先代の王宮魔法使い様だったのであれば、そのような不敬なことを言うなと、クロノア様は石を投げられていたかもしれません。しかし、たった一年。それもローブを深々と被り、顔すら見せない怪しげな老婆の発言ならば……皆の心にも迷いが生じます。

本当に今の王宮魔法使いの言うことは信用できるのだろうか？

誰しもが密(ひそ)かに抱えていたであろうその小さな不満を――クロノア様は一気に増幅させたのです。

「そうです。王宮魔法使い殿の発言が嘘だったとすれば、驚くほどこの事件はシンプルに解きほぐせるのです。これよりそのすべてをお話しいたします。聴衆の皆さま、よくお聞きください。今夜この城内で行われた、恐るべき惨劇の真相を――」

淡々と、さながら機械人形のような無機質な印象で、クロノア様は語ります。

「――午後六時四十分頃に、グレアム大臣が影武者を殿下私室内部へ招き入れたというのは、おそらく間違いのない事実でしょう。あるいはこのとき、グレアム大臣であれば影武者を殺害することが可能ですが……その可能性は低いと思います。何故ならば、わざわざ大枚をはたいて魔法で部下を殿下そっくりに変化させたというのに、それを殺害するとは考えにくいからです。そもそも魔法で変化させた、というのが嘘だったとも考えられますが、大きなお金の動きは後で調べられたら必ずバレるものです。ならば初めから大枚をはたいたなどと余計なことを言うのもおかしな話です。グレアム大臣は真実を告げていると私は考えます」

一つずつ、丁寧にクロノア様は可能性を潰していきます。その論法はわたしの得意とするものと同質のものであり、それゆえになかなか反論の糸口が見つかりません。

「さて、実はこのとき、私室へ侵入したのは影武者だけではなく、王宮魔法使い殿もこっそりとその後を付いてきていたのです。何らかの小動物に変化して」

聴衆がわずかに色めき立ちました。

「私室へ侵入した王宮魔法使い殿――ここからはルーナ様とお呼びしましょう。ルーナ様は影武者が隙を見せたタイミングを見計らって魔法を解き、元の姿に戻って――影武者を殺害しました。腰に下げた、〈双頭の鷲〉のマン・ゴーシュを使って」

「い、いったい何のために……?」わたしは声を震わせて尋ねます。

「決まっています」当然のようにクロノア様は頷いて答えました。「ローリーさんに罪を着せるため、そして七時過ぎの時点ですでに影武者が亡くなっていたと、その後証言させるためです。このとき、被告人のガラスの靴を凶器に見せかけるために破壊しておきます。これは一見被告人に不利な状況で裁判を開始させた後、劇的に逆転するための布石です。これまでの裁判の流れのように、ね」

どうやら徹底してクロノア様はわたしを犯人の一味に仕立て上げたいようです。

しかし七時過ぎに影武者様が亡くなっていた、とローリー様に証言させる――そのことにどのような意味があるのか、今の時点ではよくわかりません。

「話を続けましょう。ルーナ様は、計画どおり被告人へ疑いを向けさせるためにガラスの靴を破壊する工作を行った後、ベッドの下に隠れ潜み、その後やって来たローリーさんをやり過ごしました。ベッドの下にほこりがなかったことからも、そこが利用されたことはほぼ間違いないでしょう。そしてローリーさんが立ち去ってから改めて姿を現し――今度は殿下がやってくるのを待ちます」

「……隠し扉から外へ逃げ出さないのですか?」

「ええ、まだ仕上げが残っていますから」クロノア様は不敵に笑います。「午後八時過ぎ、殿下と被告人がやって来ます。ここでようやくルーナ様はオリバー王子と自分に魔法を掛け、小動物に変化して隠し扉から逃げ出しました。小動物として逃げ出したのであれば、出口付近でパイプを燻らせていたケヴィン王子がそれに気がつかないのも無理はありませんからね。床に服が脱ぎ捨ててあったのも、これが実際に起こったことだという傍証になっています。そして最後に、被告人がタイミングを見計らって物音を立て、私室の外で警備をしていたマシュー兵士を呼びつければ——計画は完了します」

「……お待ちください。ではわたしとルーナ様が共犯だったと、そういうことでしょうか？」

「ええ、そのとおりです。さらに言うのであれば、オリバー王子もです」

どういう、意味でしょうか……？

何故か鼓動が早まります。その先を言わせてはいけない、そんな予感が脳裏を過(よぎ)ります。

そこでクロノア様は、不意に跪(ひざまず)いて胸に手を添え、朗々と告げました。

「——ウォルター陛下。これより先は、王室の深淵(しんえん)に光を当てて参ります。事件を解決するためにはどうしても必要な手順なのです。何とぞご容赦くださいませ。そして無事に解決を終えた暁には——真犯人とともにこの私の首も刎(は)ねていただいて構いません」

いったい何を言っているのか。

いったい何を言うつもりなのか。

問い質(ただ)すよりも早く、クロノア様はそれを口にしてしまいました。

「——実は、今行方不明となっているオリバー王子は偽物なのです」

聞き違いとも思える、理解し難いクロノア様の言葉。

広間のざわめきをサイラス様が静めようと試みますが、今度はなかなか静まりません。

ただ先ほどまでの騒ぎとは異なり、今回はひそひそと皆さま口々に何かを語り合っている感じなので、サイラス様も注意しにくそうです。

　結局ざわめきが静まるよりも早く、クロノア様はさらなる発言を繰り出します。

「正確に言うならば、本物のオリバー王子は十年まえに亡くなっているのです。そしてその後の十年間、皆さまがオリバー王子だと信じていた人物は——〈森の魔法使い〉が送り込んできた偽物なのです。何故なら本物のオリバー王子は——女性だったのですから」

　それは、王室がひた隠しにしてきた秘中の秘——。

　ざわめきが一瞬だけ止まりました。まるで何を言われているかわからないとでもいうように。

　クロノア様の発言は、荒唐無稽すぎて到底信じがたいものに聞こえたはずです。

　しかし——。

「クロノア、何故、そなたがそれを——」

　審判席の王様が腰を浮かせて狼狽（ろうばい）を示し、またお妃様やサイラス様をはじめとした国の中枢の人々の反応が——それが単なる世迷い言（よまいごと）ではないことを如実に示していました。

　クロノア様は審判席に向かって、至極申し訳なさそうに、しかし強い覚悟を示して深々と一礼しました。

「聴衆の皆さまはきっととても驚かれていることでしょう。実は、皆さまが愛したオリバー王子は、本当は女性として生を受けたのです。ところが当時の王宮魔法使い殿の予言により、将来魔女となり国に災いをもたらすとされたため、その予言を恐れて男性として育てられることになったのです。男性であれば、少なくとも魔女になることはありませんからね」

クロノア様はこれまで秘匿されてきたオリバー王子の秘密をすべて明らかにしてしまいます。〈森の魔法使い〉からの手紙のことも――。

会場のどよめきは収められないほどですが、サイラス様ももはやそれを止めようとはなさりません。今や完全に――クロノア様の独擅場です。

「――多くの関係者が、オリバー王子は男性化する魔法を掛けられて戻ってきたのだと、そう思い込んでしまったようですが……実際は違いました。そのときすでにオリバー王子は事故で亡くなっており、お城へ戻ってきたのは〈森の魔法使い〉によってオリバー王子そっくりに変化させられたまったくの別人だったのです。戻ってきた殿下は、事故の影響でそれまでの記憶を失っていたそうですが……とんでもない。それは偽物が上手く王室の生活に慣れるための方便に過ぎなかったのです」

滔々と、丁寧にロジックを積み重ねていきます。今のクロノア様は、論理の怪物とでも呼ぶべき恐ろしい存在になっています。

「――さて、これより先へお話を進めるまえに、是非ともこの裁きの場にルーナ様をお呼びしたいと思います。彼女はこの先の話の主役になりますので……主役なしではどうしても格好がつきません」

クロノア様は視線だけで部下に指示を出しました。部下の方は飛ぶように広間を飛び出して行きます。

いよいよ――クロノア様の主張は核心に迫っていくのでしょうか。

先の展開が見えない不安に必死に抗(あらが)いながら、わたしはただ一つ信じられる、傍(かたわ)らのライラお姉様の手を強く握ったのでした。

5

ルーナ様は、両側から兵士に拘束されるように広間へやって来ました。

「な、何じゃ主ら！　儂(わし)を誰だと思っておる！　放せ！　無礼であろう！」

不機嫌そうに嗄(しゃが)れ声でわめき散らしますが、兵士たちは取り合わず、そのまま臨時法廷の真ん中まで彼女を引き立てます。

「これは何の騒ぎじゃ！　おい、裁定官！　説明するのじゃ！」

なおもわめくルーナ様の言葉を遮るように、クロノア様は片手を挙げます。

「――さて、役者はこれで揃(そろ)いました。終幕(フィナーレ)と参りましょう」

ルーナ様でさえ、思わず口を噤んでしまいます。それほどまでに、クロノア様は今やこの場の支配者となっていました。

「先ほどもお話ししたとおり、ルーナ様が嘘の証言をしていると仮定するだけで、今回の事件は驚くほどシンプルに解きほぐすことができます。影武者を人知れず殺すことも、最後に殿下を消すことも、すべて魔法の使用を前提とすれば簡単に理解できます。魔法を感知する水晶玉の証言も、彼女だけが記録を消す方法を知っているのだとしたら、何の意味も持ちません。逆にそれ以外で理解できないのは――被告人もお気づきでしょう？」

無機質な流し目を向けられて、わたしは口ごもります。

そう、すべての証言が事実なのだとしたら、どうあっても事件の状況を説明することができないのです。仮にローリー様が本当は自分で影武者様を殺害したのに、侵入した時点ではもう亡くなっていた、と嘘を吐いていたのだとしても、その後の王子様失踪はケヴィン王子の目撃証言により説明できなくなります。二人が同時に嘘を吐いた、というのはいくら何でもありえないでしょう。

両方の問題を同時に解決するには、やはり『今夜王城内で魔法は使われなかった』というルーナ様の証言を否定するしかないのです。

「問題は、何故このような事件を起こしたのか、ということですが……それは、ルーナ様と被告人、そしてこれまでオリバー王子だと思われていた人物三名の正体を明らかにすれば自ずとわかります」

「わたしたちの正体……？」

そこでクロノア様は、何故か逡巡（しゅんじゅん）を見せるように一度強く目を瞑（つぶ）ります。まるで心の痛みに耐えるような苦しげな所作。しかしすぐに目を開き、強い覚悟を瞳に滾（たぎ）らせて朗々と告げました。

「……そうです。ずばり申し上げましょう。この三名の正体とは——他国が、このイルシオン王国に送り込んだスパイだったのです」

再び会場がざわめき立ちますが、クロノア様は振り上げた手を握る動作でそれらを静めました。さながら——オーケストラの指揮者のように、完全にこの場をコントロールしています。

「――先代の王宮魔法使い殿の予言が、すべての始まりでした。先代は、先々代のアムリス様の一番弟子ということもあり、王様からの信頼も厚かったお方です。ですので、先代は今回の事件とは無関係であり、その予言は事実だったと考えられます。ルーナ様は、この予言を利用することを思いつきました。そしてタイミングを見計らい――まだ幼かった本物のオリバー王子を崖から突き落として殺害したのです」

「ま、待ってください！　オリバー王子の転落事故は、使用人のミスで――」

　必死にわたしは抵抗を試みますが、クロノア様には容易に躱（かわ）されてしまいます。

「ですから、その使用人こそが魔法で姿を変えたルーナ様だったのです」

「デタラメじゃ！　儂にはそんなことはできん！」

　ルーナ様は兵士に取り押さえられながらも懸命に叫びます。

「では、まずあなたに変化の魔法が使えないことを証明してみせてください。今すぐに」

「……っ！」

　ルーナ様は、言葉を呑みます。ローブで顔が隠されているので表情を窺うことはできませんが、きっととても悔しげに顔を歪（ゆが）めていることでしょう。

　第一、できないことの証明なんて、絶対に不可能だとクロノア様も気づいているはずなのに……いったいどうしてしまったのでしょう。裁判に勝つためならば、どのような詭弁を用いても許されると言うつもりでしょうか。クロノア様の変貌が少し気になります。

「さて、オリバー王子殺害後は、その替え玉として魔法を掛けた自らの配下をオリバー王子と偽って送り込みます。それから十年間――彼は王国の中心で、王子として育てられながら、国の機密情報を大量に入手していきました。誰にも怪しまれることなく、自由に」

仮にクロノア様の言うことが事実なのであれば、これは前代未聞の大犯罪です。ある意味においては、王族の暗殺よりも質(たち)が悪いのですから。

「そして来たるべき十年目の今日――ついに一連の計画を完遂させるための、偽王子殺人事件が仕組まれたのです」

「で、でも、実際に殺害されたのは、影武者様でしたが……」

「無論、影武者を殺害することは初めから計画の内でした。そのためにルーナ様は〈森の魔法使い〉を名乗り、手紙を寄越(よこ)したのですから」

クロノア様は着々と、終結へ向けて論理を重ねていきます。わたしにはもう、太刀打ちすることができません……。

「十年まえの手紙には、二つの目的がありました。まず一つは、替え玉が偽物であると疑わせないこと。ただ替え玉を潜り込ませるだけでは、疑われてしまう危険性がありますからね。そこで魔法使いの関与と、制限時間を示すことで相対的に真実味を高めようとしたのです」

ただオリバー王子のそっくりさんを送り込むだけだと、記憶を失っているという設定のこともあり、スパイであることを誰かに疑われてしまうかもしれません。

そこであえて、元のオリバー王子とは異なる性別の替え玉を送り込み、そのポケットに手紙を仕込むことによって、このオリバー王子は偽物かも、という思考から、魔法使いはいったい何故王子様に魔法を掛けたのか、という思考に誘導しようとした、ということでしょうか。実際、わたしたちもお話を聞いた際、すぐに思考を誘導させられてしまったので、その効果のほどは――見事なものです。

「そして二つめ。制限時間を設けたのは、真実味をプラスするためともう一つ理由がありました。それが今日という日に影武者を用意させるためです。今日が警告の期限であることは王室側も理解しているはず。ですから、その日のために影武者を用意することもまた――容易に想像ができます。惜しむらくは、影武者を用意したのは王室ではなく、グレアム大臣が個人的に、ということでしたが……まあ、結果的には問題ありません」

手紙に書かれていた、不埒者を一掃云々という文言も、〈森の魔法使い〉が王室の味方であると思わせるためのフェイクだったのでしょうか。王室側を安心させることで、スパイの存在から目を逸らすという目的があったのかもしれません。

すべて推論ですが、それゆえに反論が難しいです。

「しかし、影武者様を用意させることが、そんなに重要だったのですか……?」

「では仮に、影武者を用意させなかった場合、つまり手紙で制限時間を設けなかった場合のことを考えてみましょうか。その場合、今日という日に限定せず、この国の貴重な情報をたっぷりと収集したタイミングで、オリバー王子は忽然と姿を消すことになります。その際にまず考えられることは、他国による誘拐でしょう。他国からのスパイという立場上、それを疑われることは避けたいはずです。何かしらの理由を付けて姿を眩ませるにせよ、その不自然さは拭い去れず、遠からずスパイの件は疑われてしまいます。ですから、その不自然さを強引に打ち消すために——どうしても影武者の死という実体的な事件が必要だったのです」

　実体的な事件……。まだ先は読めませんが、ようやく今回の事件の本質に迫りそうな予感がします。

「さて、今日このオリバー王子生誕パーティの執り行われる日に、影武者は殺害されました。影武者の遺体が出現したことにより、当然それは殺人事件として処理されることになります。そして被告人は、大胆にも自ら最有力容疑者として捕まることにしたのです。後に行われる裁判を自らコントロールすることで——殿下の存在を、合法的に消すために」

「王子様の存在を、合法的に消す……？」

「はい。そうでなければ、遺体の顔を識別不能にした理由を説明できないからです。では、いったい何故犯人は、遺体の顔を切り刻んだのでしょうか？　その行為によって引き起こされる事象とは何でしょうか。答えは一つしかありません。すなわち——遺体がオリバー王子であるという誤認を誘うためです」

　確かに……そもそも遺体がオリバー王子であると思われていたから、今現在わたしがこの裁判で裁かれているわけであって。仮に遺体がオリバー王子ではないことが早々にわかっていたら、今のような臨時法廷ではなく、時間を掛けての調査を前提とした通常の法廷でわたしは裁かれていたはずです。

　あくまでも今回の臨時法廷は——王子様を殺されたことで激怒した王様が、強権的に実施させただけなのですから。

「さて、影武者の遺体をオリバー王子のものであると誤認させたことで、臨時法廷を開くことができました。被告人はこの法廷で、罪を裁かれている振りをしながら、その実、上手く状況をコントロールし、ついにはローリーさんという憐れなスケープゴートを法廷に引きずり出すことに成功しました。そしてローリーさんから、午後七時過ぎの時点で、影武者が死亡していた、という証言を引き出したことで自身の絶対的なアリバイを手に入れ、今無実を勝ち取る寸前のところまでやって来たのです。もっとも、隠し扉の出口をケヴィン王子が見張っていたために、事件が意図せずして複雑化してしまいましたが」

「――クロノア様！　質問がありますわ！」

証人席から傍聴席に移っていたはずのローリー様が審理の最中だというのに、挙手をして尋ねます。

「つまり、わたくしへの王子様暗殺依頼は、初めからそちらの被告人たちによって仕組まれていた、ということですわよね？　でも、ならば初めからわたくしに影武者様を殺させておけば良かったのではありませんか？　人殺しに慣れていないであろうルーナ様が実行するよりも安心で確実なように思うのですが」

「でもその場合ローリーさんは、犯行後速やかに姿を消してしまうでしょう？　それだと被告人は困るのです。あなたにはその後、被告人のアリバイ工作に利用されるという重要な役割が与えられていたのですから」

「――ということは、わたくしがマン・ゴーシュを捨て、お城に居残ることまで計算ずくだったということですの？」

「そうですね。あなたにマン・ゴーシュを凶器に指定したのも、マン・ゴーシュ自体に意識を向けさせ、より確実にそれを手放させるための計略だったと考えるべきでしょう。あなたが嵌められたのだと気づき、それによってマン・ゴーシュを手放すことが、先ほど被告人が披露した、あなたに罪を着せるための重要な鍵になるのですから。プロ意識の高いあなたをスケープゴートに選んだのも、そのほうが逆に行動をコントロールしやすかったからでしょうね」

何という――論理の暴力。

わたしは、自身のことなのでクロノア様のおっしゃることがすべてデタラメであるとわかるのですが、そうでなければクロノア様の言葉がすべて真実であるように錯覚してしまいそうです。

案の定、聴衆の皆さまは――クロノア様の推理に酔いしれているご様子。

大変……まずい状況です。

「さて……自分の無実さえ確保できればあとは仕上げです。タイミングを見計らって、私が先ほど申し上げたように、王室の秘密を暴露してしまえば――殿下消失の謎も簡単にクリアできます。すなわち……〈森の魔法使い〉の警告を十全に聞き入れなかったから、王室に不幸が起こったのだ、という解釈が可能になるのです」

おおっ、とわかりやすいどよめきが起こりました。

なるほど……すべての因果を十年まえに収束させることで、不可思議な現象が発生してもそれは『何らかの魔法による効果』であるという曖昧な理解による思考停止を誘発できるというわけですか……。

現状、それ以外にオリバー王子消失の謎が説明できそうにないので、必然的に信憑性が増します……！

「――以上の理由から、被告人とルーナ様の両名は、殺人罪、国家機密漏洩罪、並びに国家反逆罪により、死罪がふさわしいかと」

クロノア様の裁定宣言により、聴衆は最高潮の盛り上がりを見せます。退屈だった裁判は終わり、いよいよセンセーショナルな処刑が望める段階となりました。皆これまでの憂さを晴らすように目をギラつかせています。

「被告人、何か反論はありますか」

クロノア様は冷徹な視線を向けてきます。わたしは――怖くて震え上がりそうになるのを必死に堪えながら答えます。

「――わたしは、やっていません」

「……罪人は皆そう言うのです」

論理的な反証ができないと知るや、クロノア様はすぐに興味をなくしたように今度はルーナ様に向き直ります。

「ルーナ様は、如何でしょうか？」

「如何も何もないわ！」ルーナ様は激怒します。「何じゃ先ほどから聞いていれば次から次へデタラメを！　儂はそんなもの知らん！　第一、魔法で人間を小動物に変えることなどできぬとずっと言っておろうが！」

「本当にできないのであれば、まずはそれを証明していただかなくては」

「だから、できないことを証明することなど不可能に決まっておろう！」

「ならばやはり――あなたの犯行とするしかないようですね」

「め、滅茶苦茶じゃ！　おい、小娘！　得意の屁理屈でどうにかせよ！　こんな言い掛かりでお主も殺されるところなんじゃぞ！」

そうは言われましても……。わたしだって反論できるものならしたいですが、今は焦りと混乱で上手く頭が働きません。おまけに今は、せめてライラお姉様やトンプソン家の皆さまにご迷惑が掛からないよう立ち回るにはどうすれば良いのかを考えるほうが建設的な気がして……。

不意に傍らのライラお姉様がわたしにだけ聞こえる小声で怒鳴ります。

「ちょっとシンデレラ！　何とかしなさいよ！　絶対まずいやつじゃない！」

「……わかってはいるんです。でも、反論の糸口が見つからなくて……！」

「そんな……！　ここで反論できなきゃあんた極刑よ！」

「……わかっています。でも、本当にもう何もなくて……！」

泣き言を言うつもりはなかったのですが、つい本音を零してしまいます。するとわたしの切羽詰まった気持ちが伝わってしまったようで、お姉様はその大きな双眸に涙を浮かべました。

「もう……馬鹿……！　シンデレラの馬鹿……！　あんたなんだって呼ばれてもいない舞踏会になんか来たのよ……！　あんたが来なければ、せめてあんたが疑われることだけは避けられたでしょうに……！」

「それは……おっしゃるとおりです……」

「それに来るなら来るで、もっとマシな靴履いて来なさいよ……！　何よガラスの靴って！　そんなわけのわからないものを履いてきたばかりにあんたは疑われてるのよ！」

「…………？」

それはお姉様のおっしゃるとおりなのですが……何故か頭の片隅に引っ掛かりました。

今、何かを思い出しかけたような……？

しかし、その何かに思いを馳せる暇もなく、最悪の状況は進行していきます。

「──では、ルーナ様。そろそろフードを外して、ご尊顔を皆さまにお目に掛けましょう。稀代の凶悪犯の素顔を、皆さん知りたがっておられます」

「ま、待て……！　止せ、近づくでない……！」

ルーナ様の拒絶を無視して、クロノア様は少しずつルーナ様に歩み寄ります。ルーナ様は身を捩って逃げようとしますが、両腕を屈強な兵士たちに拘束されているため身動き一つ取れません。小柄で華奢な老婆に何という非道な真似を……！

「クロノア様！　あなたは観測された事実を恣意的に解釈しすぎています！」わたしは無我夢中で反論を試みます。「わたしやルーナ様を犯人にすることを前提としたあまりにも強引な解釈です！　先ほどまでの冷静で理知的だったクロノア様の推理とはとても思えません！」

「……ですが、そう解釈すれば謎がすべて解けるのもまた事実でしょう」クロノア様は淡々と、しかしどこか苦しげに答えます。「……犯罪者は皆嘘を吐きます。自らの保身のために、無辜の民を平気で傷つけるのです。そんな犯罪者たちを裁くためならば、恣意的な解釈も法正義の許容範囲内であると、私は考えます」

「その身勝手な考えは、あなたが憎む犯罪者の嘘とどれほどの違いがあるというのですか！」わたしは声を荒らげてクロノア様を諭します。「法とは、裁判とは！　確たる証拠と論理によって執行されるべきです！　国民のあるべき理想の規範として、絶対的に正しくないといけないのです！　憎しみに駆られて、その本質を見失ってはいけません！」

　わたしの言葉に、クロノア様は酷く悲しげに顔をしかめました。しかし……小さく首を振ります。

「――そうか。私には初めから……正義の心などなかったのです。幼い頃、家族を犯罪者によって奪われたその憎しみだけで……これまで罪人を裁いてきた。正義という大義名分を利用して――」

「どうしてそんな結論になるんですか！」

　ほとんどがむしゃらにわたしは反論します。

「本質を見失った強引な解釈は否定されるべきですが、それはあなたの本心ではないはずです。クロノア様はわたしの言葉に耳を傾けてくださいました！　わたしの論理に、理解を示してくださいました！　それはあなたが、真実を見極める正義の心を持っていたからに他なりません！」

　あのとき――クロノア様が少しだけ過去を話してくださったとき、よくある話だと自虐されていましたが、乱世でもあるまいし目の前で家族を殺される経験というのは、かなりのレアケースだと思います。

それなのにクロノア様は、よくあること、と自らの不運を諦めの境地で受け入れていた様子でした。たぶん、それは――諦めることでしか現実を受け入れられなかったからなのでしょう。

だからこそ、そんな世の中を変えるためにクロノア様は裁定官になったのだと、わたしはそう思います。

彼は罪人を憎んでいたのではなく――世界そのものを憎んでいた。

理不尽な死の横行する、この世界を――。

しかし、それでもクロノア様が憎しみに心を支配されなかったのは、本質的に彼が正義の人だからです。

そして、正しい人が正しくない方法を取ってしまったがために――彼は今、自らを失いかけている。

生きる意味を、喪失しかけている――。

わたしは、自分が生き残るためにこれまで全力で抗ってきましたが、ここへ来て、クロノア様も救いたいと、そう強く願ってしまいました。

「――エラ・ジェファーソン」

不意にクロノア様は、とても悲しげに微笑みました。双眸に灯っていた昏い光が……霧散したように見えます。

「あなたとは、もっと違った形で会いたかった」

わたしにだけ聞こえるように、小さくそう呟いて。

クロノア様は、またすぐに鉄面皮を浮かべ直し、朗々と告げます。

「……観察された事実を恣意的に解釈していることは認めましょう。ですが、私にはこの推理以外で現状の不可解さを説明することができません。ならば裁定官として、この推理で裁判を終わらせることが、今の私にできる唯一の正義です！」

クロノア様は、ルーナ様の目の前に立ち、目深に被るフードに手を掛けます。

「いや……ダメ……やめてください……お願い、します……」

蚊の鳴くような小さな願いさえ聞き入れられず、クロノア様は問答無用で、バサリと勢いよく彼女のフードを外しました。

そして、フードの下から現れたのは——。


年老いた老婆ではなく、うら若き少女でした。


おそらく、その場にいた誰もが思わず息を呑んだことでしょう。

極悪非道の犯罪を実行した〈森の魔法使い〉——きっとそれはとても恐ろしい顔をした老婆に違いないと、誰しもが無意識にそう思い込んでいたはずです。

しかし、実際目の当たりにしたのは——そんなイメージとはかけ離れた存在でした。

甘い蜜のように艶やかな金の髪、雪を溶かし込んだように白い肌、深く吸い込まれそうな翡翠の瞳――そのいずれもが、これまでのルーナ様の印象とは正反対のものでした。

つまりありていに言うならば――。

ルーナ様は、天使のような美少女でした。

男性ならば誰もが守ってあげたくなるような、女性ならば誰もが憧れ羨むような、そんな天国的――美少女。

法廷に突如として舞い降りた天の使いは、そのオーロラのような緑の瞳に溢れんばかりの涙を湛えて――小さく震えていました。

「わ……私は……何も知りません……！」

先ほどまでの嗄れ声ではなく、さながら春の調べのように透きとおり心に響く美声。さしもの激情に駆られた聴衆の皆さまも、毒気を抜かれてしまった様子です。

「……あの子はそんな悪いことをするような子じゃないと思うんだ」「俺は初めからあの子は無実だと信じていたぞ」「あんな可愛い子が犯人なわけないだろう！」「かわいそう」「イジメは止せクロノア！」「もっと可愛らしい服を着せてあげたいわ」『泣かないでルーナちゃん！』

気がつくと法廷内はルーナ様への声援で溢れかえっていました。審判席の王様や王妃様ですら、驚いたように双眸を見開いています。

さすがにこれはクロノア様も想定していなかったのか、先ほどまでの冷徹な印象とは打って変わった人間味溢れる仕草で、ルーナ様に語りかけます。

「あ、あの……ま、魔法で若い娘に変化しているだけ、ですよね……？」

「……本当に私が老婆で、そして本当にそんな魔法が使えるなら、初めからローブで顔を隠したりはしていません……！」

「…………」

ビックリするほどの正論にクロノア様も言葉を無くします。そうですよね……もしも魔法でそんな美少女に変化できるのだったら、そもそも顔を隠す必要なんてないですよね。

「……では、そのお顔は素顔なのですか？」

クロノア様に代わってわたしが尋ねると、ルーナ様はこくりと小さく頷きました。

「……そうです。お師匠様に、言われたんです。おまえは若く、幼く見えるので素顔を晒していたら魔法使いとして舐められてしまうと。だから顔を隠して、声も変えて、ずっと老婆の振りをしてきました……」

「で、ですが、素顔がダメならば、お顔をもっと年老いたように魔法で変えれば……」

苦し紛れに反論を試みるクロノア様。ルーナ様は僅かに頬を膨らませ、怒ったように答えました。

「だから、初めから言ってるじゃないですか。私にはそんな魔法は使えないと……！」

「…………っ！」

恐るべき説得力。ルーナ様の魔法の力は、クロノア様の推理の根幹でもあります。つまり、その根幹部分が否定された今――クロノア様の先ほどの推理はすべて灰燼に帰してしまったことになります。

「で、ですが、あなたの魔法がなければ、この事件は解決できませんよ……！」

「そ、そんなこと言われても……わ、私、知りません……！」

それはそうですよね……。実質的に、ルーナ様はただ言い掛かりをつけられていただけなのですから、追及されたところで彼女の知ったことではないのです。

聴衆のざわめきは収まりません。すでにもう――法廷は機能していないと言えるでしょう。このような状況の中で無理矢理判決を言い渡しては大きな反感を買うこと必至でしょうし、元より判決のためのロジックがあまりにも中途半端です。

ルーナ様の言葉が真実なのであれば、すべては振り出しに戻ります。影武者殺害も、王子様の消失も、すべてが謎のままです。さらにはまた『今夜王城内で魔法は使われなかった』という条件が復活したことで、ますます犯罪の不可能性が際立ってしまいました。

いったいどうすればこの混沌とした状況を収拾できるのでしょうか……。

再び頭を悩ませ掛けたところで、不意に先ほどお姉様に言われた一言を思い出しました。

――ガラスの靴を履いてきたから。

お姉様の発言の何が引っ掛かったのでしょうか。ガラスの靴が、何か問題になるのでしょうか。問題――いえ、問題にはなります。だって、当初はわたしのガラスの靴が凶器だと思われていたわけで――。

「…………あっ」

突如脳裏に閃いた稲妻の如（ごと）き発想。

あまりにも埒外（らちがい）なイメージに、わたしは思わず声を出してしまいました。

そして極めて間の悪いことに、それはたまたまざわめきが一瞬凪（な）いだまさにそのときであり、わたしの口から零れた声は広間中の人の耳に響き、すぐさま全員の注目を集めてしまいました。

「……被告人、何か言いたいことでもあるのですか？」

クロノア様は、少しやつれた様子で尋ねてきました。この数分の間でとてつもなく激しい心労が彼を襲ったのでしょう。気の毒に思いながらわたしは、半ば無意識に答えていました。

「——一つだけ、あるかもしれません」

「あるって、何がですか……？」

「魔法を使用しなくても……今回の事件を説明しうるロジックが……！」

ほとんど反射的に言葉が口を突いて出たところで、わたしの心は奮い立ちました。

これは好機です……！　一気にこの事件を収束させる絶好のチャンスです！

こっそりと懐中時計を確認します。タイムリミットの午前零時までもう三十分もありませんでした。ギリギリですが……やるしかありません！

「被告人。またあなたは、屁理屈を捏（こ）ねて状況を混乱させるつもりですか？」クロノア様は訝（いぶか）しげな瞳を向けてきます。「もしそうなら、あなたの発言を禁止しても良いのですよ」

ほとんど脅しのような言葉。しかし、わたしはそれを無視して、独り言のように語り始めます。

「――実はずっと頭の片隅に引っ掛かっていたことがあるんです。どうしてガラスの靴が凶器だと思われていたのだろう、と」

「何を突然……そんなもの、現場にあなたの靴の破片が散らばっていたからに決まっているでしょう」

「でも、実際の凶器はマン・ゴーシュでした。真犯人がローリー様に暗殺を依頼する際、マン・ゴーシュの使用を指定したことからも、これは明らかです」

「そうです――そしてマン・ゴーシュが壊れてしまったことを誤魔化すためにたまたま近くにあったガラスの靴を使ったのだと、先ほどあなたはご自分でおっしゃったではありませんか」

「はい、そのとおりです。そしてガラスの靴もまた左右共に、砕け散ってしまいました。それはもう、原形も留めていないくらいに」

「……被告人、何が言いたいのですか？」

的を射ないわたしの言葉に、クロノア様は苛立たしげに問うてきます。

だからわたしは、シンプルにわかりやすく答えました。

「原形も留めないほど砕け散ったガラスの破片が、何故、靴だとわかったのでしょう？」

6

「女性の靴に一家言あったオリバー王子でさえ、わたしが履いていたガラスの靴を見て、初めて見た、とおっしゃっていました。当然わたしもガラスの靴などというものの存在を今日初めて知りました。今この広間の中に、かつて一度でもガラスの靴などという機能性にも耐久性にも問題を抱える履き物をご覧になったことのある方はいらっしゃいますか」

広間中に聞こえるようにわたしは問い掛けます。しかし、返ってくるのはさざ波のようなざわめきばかり。寄せては返すざわめきを、わたしは否定と捉えます。

「そうです。そんなもの、誰も見たことがないのです。何故ならばこれは、ある奇特な老人が用意した世界でただ一つのものだからです。つまり、少なくともこの事件が起こるまでは……世界の誰もがガラスの靴なんてものの存在を知らなかったわけです。当然、ガラスの破片を見てそれが靴であるなどとは想像さえできません」

「……被告人のおっしゃることはわかります」クロノア様はようやく呪縛から逃れたように反応を見せました。「確かに私も……凶器がガラスの靴だということを聞いたとき驚きました」

「クロノア様、それはいつのことだったか覚えていますか？」

「いつ……？」

「はい。この裁判は、極めて異例のスピードで実現した臨時法廷です。満足な現場の捜査も許されず、クロノア様も準備不足で裁判に臨んだことでしょう。おそらく、事件の概要程度しか知らされていなかったのではありませんか？」

「……そのとおりです」苦々しげにクロノア様は頷きます。「私はオリバー王子が犯人に撲殺されたこと、現場にはガラス片が散らばっていたこと、そして被告人以外には犯行が不可能であるいくつかの状況証拠だけを知らされた状態で裁判を始めました」

「つまり、クロノア様は裁判の中で、凶器がガラスの靴であることを知らされたわけです。わたしも同じです。おそらく、今この場にいる全員がそうでしょう」

　わたしはゆっくりと広間にいる人々を眺め回してからそれを告げます。

「さて。ではいったい誰が初めに凶器がガラスの靴だと言い出したのでしょうか？　そしてその人物は何故凶器をガラスの靴だと思ったのでしょうか？」

　耳が痛くなるほどの一瞬の沈黙。そして——。

「あああああっ！」

　突然、クロノア様が雄叫びに近い声を上げました。

　ようやく——気づいたようです。わたしがこれから何をしようとしているのかを。

　わたしはにっこりとクロノア様に微笑みかけて言いました。

「皆さんの思考を誘導した人物、そしてわたしに罪を擦(なす)り付けようとした人物——それは裁判の初めに口上を述べたイルシオン王国法務大臣にして本法廷の裁判長でもあるサイラス様です。何故そのような発言をなさったのか……証言していただくために、わたしはサイラス様の証人尋問を要請いたします！」

7

　空気が凍る、というのは今のような状況を言い表すために存在する言葉なのかもしれません。それほどまでに——今この法廷の中は、静まり返ってしまいました。

先ほどまで騒ぎ立てていたはずの聴衆の皆さまも、今は水を打ったような静けさのもと様子を窺っています。

それほどまでに——埒外な状況。

この国の法の頂点に位置するお方を疑うと、公然と宣言したのですから。

改めて自分を振り返り、なんと大それたことをしてしまったのかという後悔が過りますが、ここまで来たらもう行けるところまで行くしかありません。

確かに……サイラス様は、裁判の前口上で凶器がガラスの靴であると明言しました。あの原形も留めないガラスの破片を見てガラスの靴を連想できるのは、それ以前にガラスの靴を見ていたわたしと王子様を除けば、犯行にガラスの靴を使用した真犯人以外には存在しないはずなのです。もしかしたら、そのまえに私室へ侵入したグレアム大臣も、まだ原形を保っていたガラスの靴を目撃したかもしれませんが、少なくとも彼はそれを否定しています。

だから、論理的に言えばサイラス様が真犯人ということになるのですが……あの程度ではただの失言と見なされ、証拠としても認められないでしょう。

でも——捨て置くこともまたできないはず。

「——よかろう」

よく響く声でただそれだけ答えると、サイラス様は審判席から立ち上がり、ゆっくりと証言台に歩み寄ります。

「ほ……本当によろしいのですか……？」

クロノア様は驚いたような、戸惑ったような何とも言えない声で尋ねます。

「なに、構わぬよ」サイラス様は平然と答えます。「大臣であろうが誰であれ、事件に関わりがあると見なされた者は尋問に応じる義務がある。何より先ほど殿下ですら証言台にお立ちになられたのだ。腹心である私がそれを拒否することなどできるはずもなかろう」

あくまでも冷静沈着な様子で——サイラス様は証言台に立たれました。

——〈鉄腕サイラス〉。右腕の肩から先を甲冑で覆った初老の男性。厳粛かつ徹底的な完璧主義者としてその名を知らしめる、生ける伝説。かつては歴戦の戦士であり、首から下げた金属光沢を放つ鏃のペンダントは、伝説の証なのだとか。

遠くから眺めていたときもただならぬ雰囲気を醸し出していましたが、こうして間近で相対すると、とてつもない重圧感を覚えます。本当に少し睨まれただけで、すべての罪を洗いざらい白状してしまいそうになる、そんな圧倒的な印象のお方です。

ざわめきすらも起こりません。皆、息を呑んで法のトップが自ら証言台に立つ姿を見つめています。

「——さて、被告人。私は何を証言すれば良いのだろうか」

「え？　あ……はい」

いけません、雰囲気に呑まれるところでした。わたしは必死に思考を回して今後の展開について考えながら答えます。

「そう……ですね。では何故、凶器がガラスの靴だとお考えになったのでしょうか？」

「以前、外国でそれを見たことがあったからだ」サイラス様は平然と答えます。「私が諸外国へよく出張に行くことは皆もご存じのはず。ある国で最近——私はたまたまガラスの靴を目にしてとても印象に残った。だから、現場に散らばったガラスの破片を見たとき、無意識にそのことを思い出してしまったのだ。オリバー殿下が靴を好んでおられたこともまた、そのイメージを強く想起させるきっかけになったのであろう」

さすが……法のトップ。国内では誰も見たことがないとしても国外まで範囲を広げてしまったら、あるいは存在するかもしれないと思ってしまいます。おまけにオリバー王子の趣味のことも引き合いに出して……実に上手い切り返しです。たった一言だけで、失言というこちらのアドバンテージは消失したと言って良いでしょう。

早くも挫(くじ)けそうになりますが、それでも攻め続けるしかありません。

「外国とおっしゃいましたが、具体的にいつ、どこでご覧になったかをお答えください」

「それは無理だ。何せ細かいことは何も覚えていないのでな。年を取ると記憶力が悪くなるばかりだ。力になれず申し訳ない」

いけしゃあしゃあとよく言います……！

「では、最近出張に行かれた国をすべて覚えている限り教えていただけませんか」

「それはできない。法務大臣としての守秘義務がある。特に外国の法に関わることなのでな。法とはつまりその国の在り方そのものだ。国民がどうあるべきか、どうありたいかという理想の体現と言っても差し支えない。そのようなもの、気軽に口外できるはずがなかろう？　どうしてもというのであれば、然(しか)るべき手順を踏んでいただこう。一週間は掛かるだろうがな」

こちらの質問をのらりくらりと躱しつつ、絶妙なところにカウンターを挟んできます。単純な舌戦ではやはり相手のほうが明らかに格上です……。

どうしたものかと考え倦ねていたところで、今度はサイラス様が逆に切り込んできます。

「ふむ。尋問は以上か？　なるほど、これは得難き経験であった。礼を言おう、被告人」

あくまでも冷静沈着にそう告げ、証言台を去ろうとするサイラス様。しかし、それを押し留めるようにクロノア様が切り出しました。

「……お待ちください、サイラス大臣」

「――どうした、裁定官」足を止め、クロノア様を見やります。

「もう少しだけ、被告人の話を聞いてみたいと思うのです」

「……ほう？」興味深そうに、サイラス様は片眉を吊り上げます。「どういうつもりだ？」

「被告人は先ほど、事件を説明しうるロジックがあると言っていました。まずはそちらを聞いてみたいと思うのです」

「……どうせまた時間稼ぎの屁理屈であろう？」

「それならば我々で完膚無きまでにその屁理屈を破壊してしまえば良いのです。可能性が一つでも残されているのであれば、それを検討するのが我々の務めではないでしょうか」

真っ直ぐにサイラス様を見つめてクロノア様はそう告げます。しばしの沈黙の後、サイラス様は不承不承に頷きました。

「……よかろう。ただし時間稼ぎと判断したら即打ち切るのでそのつもりで」

どうやらまだわたしにはチャンスがあるようです。クロノア様がこちらに向けた目配せを合図に、わたしは一度深呼吸をして頭の中をクリアにしてから語り始めます。

「――さて。まずはわたしの考えを述べましょう。サイラス様が裁判の前口上の際、うっかり凶器がガラスの靴である旨を発言してしまったのは、彼が実際に現場でガラスの靴を凶器にして被害者を殺害したからです。そしてそれこそが、この複雑に絡み合った事件を矛盾なく理解する唯一解なのです」

クロノア様はわたしの言葉を熟考するように、口元に手を添えながら尋ねてきます。

「……被告人。これまで出てきた証言がすべて事実であると仮定した場合、どうあっても被害者を殺害することができないのは、先ほどまでずっと検討していたことでしょう。それが何故、サイラス大臣であればそれが可能であると考えるのでしょうか？　まさか影武者が隠し扉から大臣を室内へ招き入れたとでも言うつもりなのですか？」

「無論、その可能性も検討しました。でもそれは現実的ではないと思います」わたしは落ち着いて答えます。「影武者様は、グレアム大臣の密命を帯びて影武者を演じていました。大臣の腹心の部下というお話だったので、きっととても優秀な方だったのでしょう。そのような方が、重要な任務の最中、隠し扉を開けて急にやって来た人を室内へ招き入れるとは考えにくい。それがたとえ、大臣であるサイラス様であったとしてもです。だってあまりにも怪しすぎますから」

影武者様は、オリバー王子が命を狙われていることを知っていたはずです。ならば、あらゆることを警戒しており、軽率な行動は取らなかったと考えるのが妥当です。

「では、尚のことサイラス大臣にも犯行は不可能なのでは……？」

「いえ。関係者の中で、サイラス様にのみそれが可能だったのです」

先ほどと同じことを告げてから、今度は少し方向性を変えていきます。

「ここで改めて現場の状況を振り返ってみましょう。本日はオリバー王子の生誕パーティが行われるということで、城内の警備レベルは普段よりも上がっていたそうですね？　実際、パーティが始まる直前までは、王子様の私室の警備も二人体制であったと聞きます。そんな中、犯人が私室に侵入できたのはマシュー様が目を離したほんの五分程度。しかも、その時点ですでに影武者様は亡くなっていたことが明らかになっています。それ以前の時間帯にはずっと部屋の前に警備がついていました。つまり、実質的には本日は誰も王子私室に侵入できなかったことになります」

「……マシュー兵士が目を離す以前の時間帯に室内へ入ったことが確認されているのは、被告人と殿下、グレアム大臣、そしてローリーさんの四名。論理的に考えれば、この四名だけが影武者を殺害する機会を持っていたことになりますが……単純に考えると、まず殿下と被告人は影武者が室内に入るよりもまえに一度部屋を出ているので除外、グレアム大臣は先ほどの審理の中で影武者を殺害する理由がないことが明らかになりました。ならば消去法でローリーさんだけが殺害する機会を持っていたことになります」

「いえ、ローリー様もやはり除外してしまって良いでしょう。先程も申し上げましたが、もしも本当に彼女が犯人なのであれば、さっさと逃げ出しているはずですので。彼女が様子見で居残っていることこそが、彼女の無実を証明しています。つまり、実際には本日私室へ入ったことが確認されている全員が、犯人ではありえないということになります」

「ま、待ってください、被告人……」クロノア様は苦しそうに手を挙げました。「あなたの主張の論旨がわかりません……本日の殿下の私室の警備体制はほぼ完璧だった。そして数少ない機会があった人たちにも犯行は不可能であった……。ならば尚のこと事件は不可能犯罪ということになってしまうではありませんか。それを何故、サイラス大臣だけが可能であると言い張るのですか？」

「クロノア様、ご自分でもう答えをおっしゃっていますよ」

ようやく道筋が整ったことで、わたしはクロノア様に微笑みかけました。予想外の反応だったのか、クロノア様は少したじろぎます。

「い、いったい何を言っているのです……？」

「よろしいですか？　本日は誰も王子様の私室へ侵入することができなかった――。ならば、本日より以前に侵入しておくしかありません」

一瞬だけ言葉を呑み、それでもすぐにクロノア様は反論してきます。

「確かに本日はほぼ完璧な警備を行っていたことが確認されていますが、それ以前に関してはその限りではありません。昨日や一昨日(おととい)であれば、あるいは私室へ侵入する機会もあったでしょう。でも、そんなこと――」

「現実的にあり得ない、ですか？」わたしは穏やかに微笑みながら続けます。「実際に事件を起こす一日も二日もまえに現場に侵入し、隠れ潜む殺人犯などいるはずがないと。確かに常識的に考えればそうでしょう。しかし、今回はその常識を捨ててください。何故ならばそれ以外には、絶対的に犯行が不可能なのですから」

自信を持って言い放つと、クロノア様はまだ納得しかねる様子ながらも頷きました。

「……わかりました。では、その非常識を納得させてください。あなたのその——類い希なる屁理屈で」

「もちろんです。そのためにわたしはここにいるのですから」

笑顔で答えて、わたしは説明を始めます。

「論理的に考えて、犯人は一日以上まえからオリバー王子の私室に隠れ潜んでいました。場所はベッドの下でしょうね。薄暗く、埃っぽいベッドの下で、犯人は身動き一つせず、ただひたすらに犯行の瞬間を待っていたのです。聞くところによると、サイラス様は昔、名うての弓兵だったそうですね。そして偵察任務が得意だったとも聞き及んでおります。何日も一所に潜伏して獲物を待つ——まさにこれは狩りそのものです。歴戦の戦士であるサイラス様であれば……その程度のこと造作もないのではありませんか？」

サイラス様に水を向けてみますが、何も反応はありません。ただ無表情のままジッとわたしの言葉に耳を傾けています。

「おそらくサイラス様は、例の〈森の魔法使い〉の手紙を利用したオリバー王子殺害計画を思いついたのでしょう。期限である十年目の今日であれば、王子様が亡くなってもそれは、〈森の魔法使い〉に警告されていた不穏分子の掃討が完了しなかったからということで片が付きますから。実際、サイラス様という最大の不穏分子がまだ王城内に潜伏していたわけですし。手紙の警告はやはり正しかったのでしょう。〈深森の請負人〉であるローリー様に、王子様暗殺の依頼を出したのも当然サイラス様です。万が一のために罪を着せる存在を用意しておいたのです。完璧主義者であるサイラス様らしい、用意周到さです」

「……そこまでは、わかりました」クロノア様は腕を組みながら同意します。「サイラス様は先日から出張に行かれていましたし、その具体的な出張先は秘匿されています。関係者の中で唯一アリバイが存在しないと言っても良いでしょう。しかし、だからといって、サイラス大臣にのみ犯行が可能だったというのは少々乱暴なのでは……？」

「〈森の魔法使い〉の手紙の件を知っているのは、王族関係者と一部大臣のみです。それだけでもかなり容疑者が絞られている上に、ベッドの下で何日も機会を待つという並外れた忍耐力を持っているのは、おそらくサイラス様だけだと思います。無論、それも状況証拠に過ぎませんけれども」

　そう、物証が今のところ何もないのですよね……。だからはっきり言って状況証拠に任せた、ただの言い掛かりに過ぎないのですが……でも、ここまで来たらもう前に進むしかありません……！

「話を戻しましょう。完璧主義者のサイラス様は完璧な殺人計画を立ててました。自身のアリバイも用意し、疑われることなく確実にオリバー王子を殺害することができる——ハズだったのですが、いくつかの不測の事態により、その計画は少しずつ狂っていきました」

　わたしは淡々と、説明を続けます。

「まず当初の予定では、サイラス様はお召し替えで王子様が私室へ戻って来られたタイミングで王子様を殺害するつもりでした。しかし、六時半に一度戻ってこられたときには、何故か同行者がいたのです」

「……被告人、ですか」クロノア様は呟きます。このあたりは自明でしょう。

「そうです。ベッドの下は、音が遮断されて室内での話し声などはほとんど聞こえません。それは、実際ベッドの下に潜り込んでみたわたし自身が確認してします。だからきっと、王子様がベッドから離れ入口付近に移動したタイミングで少し顔を覗かせて、聞き耳を立てたのだと思います。そこでわたしのガラスの靴のことを知ったのでしょう。仕方がないので止むなく——その機会を見逃すことにしました。さすがに同行者がいるタイミングでは殺害できませんから。でも——これにはサイラス様も頭を悩ませたはずです。何故ならば、七時過ぎにはローリー様が室内へ入ってきてしまうからです。当初は、六時半に殺害し、七時過ぎにローリー様に遺体を発見させ罪を着せる予定だったのでしょう。しかし、どうにもそれは難しくなってきました。こうなったらもう、ローリー様に王子様を殺害してもらうしかないのでは——きっとサイラス様はそんなことを考えていたはずです」

「ですが、それでは時間的に矛盾が生じるのでは？」クロノア様は首を傾げます。「元々六時半に殿下を殺害し、七時過ぎにローリーさんに遺体を発見させる予定だったのでしょう？　でも、そのまえに三十分も殿下が自室から出てこなければ、警備をしていたマシュー兵士が、先に殿下の遺体を発見すると思うのですが」

「ええ、おっしゃるとおりです」わたしは大仰に頷きます。「ですから——当初の予定では、マシュー様もまた殺害するつもりだったのだと思います」

クロノア様は驚いたように息を呑みました。

「あくまでもわたしの想像ですが……おそらく、オリバー王子殺害後にわざと音を立てて外で警備をしていたマシュー様を室内へおびき寄せたあと殺害するつもりだったのでしょう。はっきり言ってサイラス様からすれば、マシュー様は邪魔者以外の何ものでもないわけですからね。さらにその時点でマシュー様を排除しておけば、その後ローリー様に遺体を発見させる際の障害を一つ排除できます。本来であればローリー様は、コーヒーに下剤を盛る必要すらなく、室内へ侵入できたはずです」

「……つまり、グレアム大臣が影武者を立てたために、マシュー兵士は命を存えたということですか？」

「ええ、結果論ですけどね。そういう意味では——マシュー様は本当に運が良かったと言えるでしょう」

　今回の一件で、色々と不運な目に遭っていたマシュー様ですが、致命的な部分では奇跡のように危機を回避していたわけです。悪運が強いとでも言うのでしょうか。

「……お待ちください。そもそもそれならば、無理にサイラス大臣が直接手を汚す必要はなかったのでは？　殺害はすでに依頼しているわけですから、ベッドの下に長い時間隠れ潜む必要すらなかった気がするのですが」

　クロノア様の疑問を、わたしはすぐに否定します。

「それは無理だったのです。先ほども申し上げたとおり、サイラス様は徹底した完璧主義者です。言ってしまえば、名うての暗殺者すらも信用できなかった。だから、完璧に目的を果たすには、自身でそれを行うしかなかったのです。ローリー様はあくまでも、王子様殺害要員ではなく、ただのスケープゴート。そんな人物に殺害を任せるしかない状況に、きっとサイラス様は大きな不安を抱いたはずです。でも——どういう偶然か、自ら王子様を手に掛ける絶好の機会がやって来ました。なんと、しばらくしたところで突然、王子様が私室へ戻ってきたのです」

「殿下が……戻ってきた？」クロノア様は眉を顰めます。「そんな機会、殿下にはなかったはずですが……」

「そうですね。本物のオリバー王子には、ね」

「本物の……？　何を言って——ああっ！」

　ようやくそれに気がついたように、クロノア様は目を見開いて声を上げます。わたしは穏やかな笑みを湛えたまま答えました。

「そう、それが、グレアム大臣が影武者様を私室へ招き入れたときだったのです。サイラス様はこれを王子様が戻ってきたのだと勘違いしてしまった。それはそうです、まさかグレアム大臣が密かに影武者を用意しているなんて、それこそ夢にも思っていなかったのですから。おまけにベッドの下からでは、室内の会話は聞こえません。グレアム大臣と影武者様が何か言葉を交わしていても、それはサイラス様にはわからなかったのです。そしてグレアム大臣が退室後——室内には影武者様だけが残されました。ベッドの下からでも室内にいる人の足くらいは見えます。その時点で影武者様は王子様の格好をしていましたから、サイラス様は王子様が一人で自室にいるのだと勘違いをしてしまったのでしょう」

　あるいは正常な精神状態であれば、それが本物ではなく影武者である可能性にも至れたかもしれません。ですが、この時点ですでに計画は狂い、一度は王子様の殺害チャンスを見送っているのです。完璧だったはずの計画が、ちょっとした王子様の気まぐれによって崩れつつあったわけですから、完璧主義者のサイラス様としては心穏やかではいられなかったことでしょう。

「この機を逃したらもう、ローリー様にすべてを託すしかありません。可能であればサイラス様はそれを避けたかった。王子様が一人で私室へ戻ってきたという奇跡的な幸運と、今ならばまだ当初の完璧な殺人計画に戻れるという微かな期待から――サイラス様は、そこで王子様を殺害する決断をしました。そして、当初の計画どおり音もなくベッドの下から抜け出し――王子様を背後から殴りつけました。しかし、そこで二つめの想定外が発生しました。凶器として使用したマン・ゴーシュが途中で砕けてしまったのです。しかも、それが砕けてしまった時点で、影武者様はまだ生きていた。グレアム大臣の腹心の部下ということですからね、兵士としては一流だったことでしょう。だからきっと――必死に抵抗したはずです」

「抵抗……確かに現場にはわずかですが争ったような形跡が残されていました。被害者が抵抗したというのは十分にありえることだと思います」クロノア様は顎に手を添えて首を傾げました。「しかし、ならばそのとき何故、マシュー兵士は室内の物音を何も聞かなかったのでしょう?」

「何も聞かなかったのではなく、気づけなかったのだと思います」わたしはすぐに答えます。「たとえば、遺体発見時などは室内に王子様とわたしがいることをマシュー様はご存じだったわけで、中で何か不審なことが行われていないかと意識を集中して聞き耳を立てていたから、室内の小さな物音も聞き逃さなかったのだと思います。でも、影武者様が殺害された時点ではどうでしょうか。マシュー様は室内に誰かがいるとは夢にも思っていなかったはずです。だから、室内の物音に反応できなかったとしても、それは致し方ありません。マシュー様がそれほど真面目な方ではないことはクロノア様もご承知のはず」

クロノア様は顔をしかめながらも、わたしの理屈に一定の理解を示した様子だったので、わたしは安心して話を先へ進めます。

「しかし、サイラス様はあくまでも弓兵です。弓を持たせた遠距離では無類の強さを誇っていたかもしれませんが、近距離の白兵戦にはあまり慣れていなかったはず。まして相手は、現役の軍人です。初撃のアドバンテージはあっても、苦戦したでしょう。だから組み合いの格闘となったとき、サイラス様は咄嗟に、近くにあったガラスの靴で影武者様の頭を殴りつけたのです。つまり、ガラスの靴が凶器として使用されたのは、あくまでも偶然だったのです」

結果的にそのせいでガラス片が現場に残り、その後室内へ侵入してきたローリー様がそれを見て早合点をして、マン・ゴーシュを捨ててしまった、という話に繋がるわけです。

サイラス様は当初、マン・ゴーシュだけで殺害し、一目では凶器がわからない状態にしておいて、後の調査でマン・ゴーシュが凶器である可能性を示しつつ、王城関係者に容疑者を限定したところで最近入った使用人が一人行方を眩ませていることが明らかになり——というシナリオを想定していたのでしょう。

「ちなみに予めローリー様に、マン・ゴーシュを凶器として指定していたのは、撲殺された遺体を確認させ、凶器がマン・ゴーシュであることを正確に認識してもらうためでしょう。そうすればより確実に自分が嵌められたことに気づき、すぐに城から姿を消すに違いないと考えたのだと思います。完璧主義者のサイラス様らしい演出です。ただ、論理的に考えればその思考はどうしようもなく正しいことがわかるものの、当のローリー様自身が、まったく論理的に動かなかったことはかなりの想定外だったと思います」

まさか職業意識の高すぎる暗殺者が、様子見のために居残っているなどとは予想もしていなかったに違いありません。おまけにその暗殺者が短絡的にマン・ゴーシュを破壊してしまったことをきっかけとして、真の犯行時刻まで明らかになってしまいました。慎重を期すあまり、石橋を叩き割ってしまったようなものです。そういう意味では、想定外のことばかりが起こってしまったサイラス様には同情的な気持ちが湧かないこともないです。

「ちなみに凶器のマン・ゴーシュはご自分のものではなく、念のため事前に用意しておいた別のものを使ったはずですので、サイラス様が今お持ちのマン・ゴーシュを調べても何も出てこないと思います。用意周到なサイラス様がそんな初歩的なミスを犯すはずがありませんので」

つまり、これもまた物証にはならないということです。

わたしの説明に、クロノア様は得心いったという様子で深々と頷きました。

「――なるほど。そこまではわかりました。多少、想像に任せている部分はありますが、発想が飛躍している、というほどでもありません。ですが、その先はどうなるのです？

何故犯人は、被害者の顔面を切り刻んだのですか？」

「そう、せざるを得なかったんですよ」わたしはすぐに答えます。

「本来であれば余計な細工は足をすくわれる危険性があるため極力避けるべきです。当然、これまで数多くの裁判を経験してきたサイラス様もそのことはご存じだったはず。それでも、今回に限っては遺体の頭部を識別不可能にするしかなかったんです。何故なら、魔法を掛けられた人が亡くなった場合、その時点で魔法が解けてしまうため、遺体をそのまま現場に放置したら、ローリー様にそれがオリバー王子の遺体ではないことがバレてしまいますから。サイラス様もきっと驚いたことでしょう。いつの間にか魔法が解けて、王子様の遺体が別人に変わっていたのですから」

「……確かに、ローリーさんが室内に侵入した際、遺体が倒れていたら、誰のものなのか確認するのは自然です。それが自分のターゲットかもしれないのでしたら尚更でしょう。しかし……オリバー王子の遺体ではないことが、どのような問題に繋がるのでしょう？」

「では、逆にお伺いします。クロノア様が名うての暗殺者であったら、と仮定してお答えください。オリバー王子の暗殺を依頼されて、いざ王子様のお部屋に侵入したとき、まったく見知らぬ人の遺体が転がっていたらどうしますか？」

「……そう、ですね」クロノア様はぎゅっと目を瞑り想像するように答えます。「殿下暗殺という目的が果たせていない以上、何とかして任務続行を検討しますね。当初の計画どおり、私室に隠れ潜み、いずれ戻ってくるであろう殿下を待つ、というのも手の一つではありますが……万が一その謎の人物の遺体が何らかの罠（わな）であったら、という可能性を考慮するとその選択は少し取りづらいですかね。今この瞬間にも大量の兵士が踏み込んでくるリスクを思えば、一旦私室からは離れます」

「離れたあとはどうしますか？」

「まずは本物の殿下の生存を確認しに行きます。舞踏会の様子を見にいけば、そこで殿下の無事は明らかになるでしょう。それからは……何かトラブルを起こし、騒ぎの混乱に乗じて殿下を殺害する、くらいでしょうか。いずれにせよ、暗殺を依頼された以上はそれを遂行しなければいけませんからね。自らに誇りと責任を持つ名うての暗殺者であれば尚更、多少当初の計画とはズレたとしても、暗殺遂行を目指すと思います」

「さすがはクロノア様。わたしも同意見です」穏やかに微笑んで続けます。「まさに今クロノア様がおっしゃったことを、サイラス様もお考えになったのだと思います。でもそうなってしまうのを、サイラス様はできれば避けたかった」

「避けたかった……？　何故でしょう？」いよいよ核心に迫ってきたと感じたのか、わずかに身を乗り出してクロノア様は尋ねます。「サイラス大臣の目的が殿下の殺害だったとしたら、多少手段は変わりますが、目的は果たせないよりも果たせたほうが良いと思うのですが」

「いえ、サイラス様の真の目的は、オリバー王子の殺害ではなかったのです」

――ここまで長かったです。ようやくわたしは、その一言を朗々と告げます。

「オリバー王子の殺害はあくまでも手段。彼の真の目的は、ケヴィン王子を次期国王の座に据えることだったのです！」

8

　わたしの一言により、再び臨時法廷にはざわめきが広がっていきました。

　先ほどまで木槌を打ち鳴らして彼らを静めていたサイラス様も、今は証言台に立ったまま目を閉じてジッとわたしの言葉に耳を傾けています。

　今この騒ぎを静められるのは──わたししかいません。ラストスパートを掛けるように、わたしは軽く手を挙げて騒ぎを静めてから話を続けます。

「そう、それこそがサイラス様の真の目的であったのです。ケヴィン王子の教育係として長い年月を共にし──ケヴィン王子こそが次期国王に相応しいのだとサイラス様は考えてしまった。しかし、そのためには第一王子であるオリバー王子の存在が邪魔だった。だからサイラス様は、〈森の魔法使い〉の手紙を利用して、オリバー王子抹殺を企てたのです」

「……すみません、少々飛躍しているように思うのですが」クロノア様はまた苦しそうに顔をしかめながら尋ねます。「先ほどまでのお話ですと、遺体の顔面を損壊したのは、暗殺者であるローリーさんにそれが影武者であることを悟らせないためであるということでしたが……それがどうして、ケヴィン王子の件に繋がるのでしょうか……？」

「簡単です。何故なら、ローリー様が私室の遺体が王子様ではないと知り、その上で任務遂行のために衆人環視の中でオリバー王子を殺害してしまったら、それはただの暗殺として処理されてしまいます。そのような状況で王子様が殺害されたとして、誰も〈森の魔法使い〉の警告を聞き入れなかったからだ、などとは思わないでしょう？　そしてその場合、真っ先に疑われるのは――次期国王の座という圧倒的なメリットを得てしまったケヴィン王子なのです。たとえその後ケヴィン王子の無実が証明されたとしても、人々の噂にはなります。その小さな噂はやがてケヴィン王子が国王として実権を握った際、必ず不穏分子を生む要因になることでしょう。それでは――サイラス様は困るのです。ケヴィン王子には末永くこの国を治め、人々に愛される国王になってもらいたかったわけですから。だからこそ――ローリー様に勝手なことをさせないためにも、遺体の顔を識別不可能にして、それがオリバー王子であるという誤認を誘うしかなかったのです」

結局、万全を期すために用意したローリー様というスケープゴートが、計画の足枷(あしかせ)にしかならなかったというのは皮肉な話です。

「――なんという、ことでしょう」

放心したように、クロノア様は呟きました。どうやらわたしは、少なくともクロノア様にご満足いただける程度には、新たな論理を提示できたようです。

第一関門突破というところですか。わたしは少しだけ緊張を解いて、仕上げに入ります。

「遺体を識別不能にしてから、サイラス様は隠し扉を使って一旦お城から出ました。このときケヴィン王子に鉢合わせしなかったのは、本当に不幸中の幸いだったと思います。それから隙を見て出張から戻った振りをしてまた王城に入り、あとは様子を見ながら臨機応変に立ち回るおつもりだったのでしょう。おそらくですが、王子様の私室へ遺体を放置したことで、上手くやればオリバー王子に罪を着せて失脚させることもできるかもしれない、くらいは考えていたのでしょうが、どういうわけかその後王子様が行方不明になり、代わりにわたしという新たなスケープゴートが現れたので、今度はわたしに罪を着せるよう立ち回った――という感じでしょうか。このあたりは想像の範囲を超えないのでこれ以上は控えますが」

「ちょ、ちょっと待ってください！」慌てた様子でクロノア様はまた身を乗り出してきます。「殿下が行方不明になったのは、サイラス大臣が何かをしたわけではないのですか⁉」

「はい、まったく別の事象です」ハッキリと、断言します。「そちらに関してはまた後ほど説明いたしますが……とにかくサイラス様がこの件にまったく関わっていないことだけは事実です。ですから今は、先にサイラス様の事件について論じましょう」

わたしはゆっくりと、証言台に立つサイラス様に目を向けます。

サイラス様は先ほどからじっと、わたしの推理に耳を傾けていました。一言の質問も挟みません。それが何だか、獲物の隙をじっと窺っているハンターのようで不気味です。

「……サイラス様、如何でしょうか？」

沈黙に耐えきれず、わたしのほうから切り出してしまいます。

サイラス様はたっぷりと時間をおいてから、ようやくその重たい口を開きました。

「――――で？」

何か意味のある言葉が紡がれると身構えていただけに、肩透かしを食らってしまいます。

「『で』、とは……？」

「――それで、その話が私にどう関わるというのだね？」

ゆっくりと閉じていた双眸を開きます。その目には鋭い光が宿っており、今にも矢で射られそうな恐怖心を抱いてしまいます。

「なるほど、確かに今の被告人の説明であれば、ほとんど唯一この私だけが、殿下の影武者を殺害できたことになるやもしれん。だがしかし——それは、被告人の妄想であろう？　今まで何か一つでも、物証を提示できたか？」

「………………っ」

さすがは法の頂点に立つお方。ピンポイントでわたしの推理の弱点を突いてきます。

そう、これらはすべて——わたしの想像でしかないのです。残念ながら、物証は何もありません。

「第一、今被告人は、殿下消失の謎はまったくの別問題であると言った。両者を切り離して考えるのであれば、当然被告人にも、そして使用人ローリーにも影武者を殺害することは可能だったことになる。にもかかわらず、あえて私だけに犯行が可能であったかのような論調で話を進めるのは些か乱暴ではないだろうか」

……確かに。

そもそもローリー様の証言が事実であるという証拠もありませんし、わたしもまた、ただ影武者様を殺害するだけであれば、犯行は不可能ではないのです。

しかし……状況証拠では、絶対にサイラス様が犯人なのです……！

でも……それを証明する術が……ありません……。

ここまでか、とわたしは肩を落とします。

「裁判で追い詰められるというのはこのような気持ちなのだな。よい経験をさせてもらえたこと、礼を言おう被告人。だが——その感謝は量刑には影響しない」

無慈悲にそう言い放ち、サイラス様は証言台を離れ審判席へ向かって歩みを進めます。

ああ……ダメです……。サイラス様を再び審判席へ座らせてはいけません……。

彼がひとたび木槌を振るえば、それでもう、わたしの処刑が決定してしまいます……。

せっかく……せっかくここまで来られたのに……。

急に身体の力が抜けて、わたしは椅子に力なく腰を——。

「——諦めるのはまだ早いでしょう、被告人」

すべてを受け入れる覚悟を決めようとしたまさにその直前——耳朶に響いたのは予想外の言葉でした。わたしは慌てて霧散しかけた意識を集中させます。

クロノア様が真っ直ぐにこちらを見つめていました。何か強い意志の籠もった瞳です。

「思考の道筋は、概ね間違っていないはずです。真実はもう目の前にあるのですから、そう易々と諦めないでください」

「クロノア、さま……?」

わたしがそう呟くのと同時に、サイラス様も足を止めて振り返ります。

「——どういうつもりだ、裁定官?」

とても冷たい、血の通わない声を出すサイラス様でしたが、クロノア様はまるで取り合いません。

「サイラス大臣、まだ証人尋問は終わっていません」

「……なに？」

「あなたは先ほど被告人に、物証を提示するよう要求しました。そして被告人はその回答を行っておりません。つまり、まだ尋問は終わっていないのです。これは法務大臣であるあなたが考案された、裁判における正式な手続きになります。サイラス大臣、どうか証言台へお戻りください」

「……貴様、血迷ったか？」

冷たい怒気をはらませて睨みつけますが、クロノア様は真っ向からその視線を受け止めて答えました。

「血迷ってなどいません。それにどうやらあなたは勘違いをなさっているようだ。この国の裁定官たる私は、あなたに仕えているわけではありません。私はこの国の法に、命を懸けて仕えているのです。真実の前には――私にとって、あらゆることが些事なのですよ、サイラス大臣。証言台へ戻りなさい。これは命令ですよ！」

そこで、あ、とわたしは思い出します。

証言者は裁定官の指示に、絶対的に従わなければならない。

サイラス様はこの裁判における裁判長という最も偉い立場の方ですが、それでも今はただの証言者に過ぎません。だから――クロノア様の命令には逆らうことができない。法律でそう決まっているのだから。

しかし、それと同時に大変なことでもあります。何故なら裁定官という法の番人が、この国の法のトップへ疑惑を抱いていることを公然と表明したに等しいのですから……！

しばし立ち止まってクロノア様を睨みつけていたサイラス様でしたが、やむを得ないと悟ったのか忌々しげに鼻を鳴らしてから渋々証言台へと戻りました。

何とか……急場は凌(しの)ぎましたが、まだピンチは続いています。

「さて、被告人。先ほどの証言者の問いにお答えください。物証を提示することは可能なのですか？」

「それ、は——」

不可能だ、と言ってしまったらその時点でもう裁判は終わってしまいます。ですが……提示できる物証なんて何もありません……！

俯いて唇を噛むことしかできないわたしに、クロノア様は独り言のように呟きました。

「——完璧主義者のサイラス大臣が打ち立てた殺人計画なのであれば、それは当然完璧なものであり証拠など本来は一つも残らないはずです。しかし、たとえ計画は完璧なものであったとしても実際にそれが完璧に実行されたかというと疑問が残ります。先ほどの被告人の話が真実だとすれば、いくつもの想定外の出来事により、この犯行は何度も計画の変更を余儀なくされています。ならば——その想定外の部分にこそ、重大な証拠が隠されているような気がしてきませんか？」

そんなことを、言われましても……。

犯人は、完璧に証拠を残さないよう気をつけていました。ベッドの下を綺麗に掃除して一切の痕跡を残さなかったこと、そして返り血を浴びないために刺殺ではなく撲殺という手段を選んだことなど、ほとんど病的なレベルでそれを徹底していました。

だから……物証など残っているはずがないのです……。

わたしのために言ってくださっていることはわかります。わかるのですが……わたしにはもう、何も思いつきません……。

「……ライラお姉様」

「え、何？　何か閃いたの？」お姉様は期待に満ちた瞳を向けてきます。

「いえ、何も閃かないのでわたしの代わりに何か言ってください」

「はあ⁉　無茶言わないでよ！　無理に決まってるでしょう！」

「そこをなんとか」

「何よその雑なお願いの仕方！」

数時間まえ、似たようなやりとりを魔法使いの老人とした気がします。

「お姉様、何か気がついたことはありませんか？　なんでも良いのです」

「そ、そんなこと急に言われても……わからないわよ……」今にも泣き出しそうです。

「大丈夫です、思いつきで良いのです。お姉様はこれまで何度も、その天才的な閃きでわたしを助けてくださいました。だから——今度も大丈夫です」

「うぅ……あんたのその手放しの信頼がつらいわ……」頬を赤らめながらも、お姉様は考え込むように目を瞑ります。「……ダメよ、何も思いつかないわ」

「お姉様、呼吸を整えましょう。ひっひっふー、ひっひっふー」

「そんな逼迫した呼吸法でも何も生まれないわ！」

「……本当に何もないんですか？」

「……強いて言うなら、サイラス様のあのペンダントが悪趣味だなって思うくらいよ」

「本当にしょうもない感想ですね」

「だから言いたくなかったのに！」お姉様はもう涙声です。

「まあ、確かに自分に怪我を負わせた鏃（やじり）をペンダントにして何十年も後生大事に抱えているなんて、かなり特殊な趣味の持ち主ですが――」

そこまで言いかけて、わたしの思考は停止しました。

なん、で――。

不意に湧き上がった小さな疑問。その微（かす）かな疑いの気泡は加速度的に膨張し、すぐに思考の大部分を占領します。

まさか、そんな……。

疲労のピークに達しつつあった脳細胞はここへ来て本日最高速で活性化していきます。

パズルのピースを埋めるように、一つずつ丁寧にロジックを積み重ね――。

最後のピースだった、玄関の蹄鉄（ていてつ）を想起して、ようやくわたしは――それに到達したのでした。

「――お姉様」

「……なによ」お姉様は不機嫌そうです。

「やはりお姉様は最高です。世界で一番大好きです」

「は？　何を急に――」

お姉様の返事は無視します。わたしは覚悟を決めて、サイラス様に向き直りました。

胸を張って、わたしは告げます。

「――ペンダント」

「……なに？」サイラス様は訝しげに目を細めました。

「ペンダントが、物証です」

脳細胞の活性化がなかなか収まらず上手く言葉を紡げなくなってしまっていたわたしに、クロノア様が助け船を出してくださいます。

「被告人、落ち着いて説明してください。ペンダント、というのはサイラス大臣の鏃(やじり)のペンダントのことですか？　それがいったい何の証拠になるのですか？」

大きく一度深呼吸をして気持ちの昂(たか)ぶりを鎮めてから、わたしは答えます。

「――ずっと、疑問に思っていたことがあるのです。犯人は、マン・ゴーシュを凶器として選び、室内へ運び入れました。そしてそれが不覚にも壊れてしまったとき、咄嗟にガラスの靴で応戦したことからも、凶器以外の武器は持ち込んでいなかった可能性が高いことがわかります」

「……そうですね。犯人が本当にベッドの下へ一日以上も潜り込んでいたのであれば、あまり余計なものは持ち込まなかったと考えるのが自然です。物音などを立ててしまっては面倒ですからね」クロノア様は腕組みをして同意を示します。

「ならば――いったい、いったい何を使って、影武者様のお顔を切り刻んだのでしょう？」

わたしの疑問に、クロノア様は、あっ、と声を上げられます。その反応で――わたしは自らの発想が正しいのだという確信を得ます。

「まさかそれが……大臣のペンダントだったと、そう主張するつもりですか……！」

「そのまさかです」わたしは笑顔で頷きます。「論理的に考えて――それが最も適切な解答です。王子様のお部屋には、刃物の類が何も見当たりませんでした。おそらく使用する際には、使用人がその都度運び入れていたのでしょう。王族であるオリバー王子が、日常的に刃物を使わなかったとしてもそれほど不思議なことではありません。しかし、裁判の初め、クロノア様の説明によると遺体のお顔は鋭利な刃物のようなもので切り刻まれていたそうです。では、その鋭利な刃物とはいったい何か。答えは――一つです」

「ならばすぐに、ペンダントと遺体の傷を照合させましょう！」クロノア様は突然降って湧いた物証に興奮した様子です。

しかし――そこで突然、サイラス様は笑い始めました。

「はっはっは……なるほど、安直だな」

覚悟を決めたと見なしたのでしょうか。クロノア様は厳しい口調で告げます。

「サイラス大臣、その胸に下げたペンダントをこちらに提出してください。もしも、拒否されるようであれば――」

「なに、構わんよ」

ひょいと首からペンダントを外して、あまりにも何の気ない動作でクロノア様に差し出しました。さすがに不審に思ったのか、ペンダントを受け取らずにクロノア様は訝しげな目を向けます。

「どうした、裁定官。受け取らないのか？　念願の物証なのだろう？」

あまりにも堂々としたサイラス様の様子に、クロノア様はますます胡乱な顔をします。

しかし、結局怖ず怖ずとペンダントを受け取りました。

「さて、裁定官。もしも、被告人の主張する物証とやらが、被害者の顔面の傷口と一致しなかった場合には、当然私の無実は証明されたことになるのだな?」

「それは——そのとおりです」慎重に、クロノア様は答えます。「被告人が論理的に導き出した結論です。それが異なっているということは、彼女のロジックそのものの破綻を示します。その場合は当然、サイラス大臣の無実が証明されたと見なしてよろしいかと」

「そうか、それは良かった」満足そうにサイラス様は笑います。「これで私は無事に自らの無実を証明できたことになるのだな。念のため忠告しておこうか。そのペンダントと傷口は絶対に一致しない」

不敵に笑ってそう告げるサイラス様にわたしは——。

「——わたしも、そう思います」

9

突然の手のひら返しに、クロノア様は唖然とした顔を向けてきました。サイラス様もまた——眉を吊り上げてこちらを睨みつけてきます。

わたしはそれらを真正面から受け止めながら、話を続けます。

「考えてみてください、クロノア様。いくら何でも、そんな重要な証拠品をいつまでも首からぶら下げているはずないではありませんか。たとえ完璧な計画で、証拠一つ残さなかったとしても、それでは自らが犯人であると告白して回るようなものです」

「で、ですが……ペンダント以外に、鋭利な刃物など持っていなかったはずでは……?」

苦しそうなクロノア様の言葉に、わたしは深々と頷きます。

「はい。論理的に考えて、間違いないと思います。犯人は、サイラス様は、ご自身のペンダントを使って影武者様のお顔を切り刻んだのです」

「ならば何故……ペンダントと傷口が一致しないのですか……?」

「今、サイラス様が身に着けておられたペンダントは、犯行に使われた鏃とはまったく別のものだからです」

サイラス様が一瞬顔を引きつらせました。どうやら——当たりのようです。

「完璧主義者のサイラス様は、おそらくご自身が疑われたときのために、この逃げ口を用意していたのです。ペンダントと傷口が一致しなかったら、どうあってもサイラス様と事件を結びつけることはできないのですから。そこで、それまで身に着けていた鏃は隠し、新たな鏃をペンダントとして首からぶら下げていたのです。大体、少し考えればおかしいのはわかりますよね。サイラス様がペンダントの鏃で怪我をされたのは、もう何十年も昔の出来事のはず。ならば当然、鉄器である鏃は錆び付いて然るべきであるというのに——そのペンダントの鏃は今も金属の光沢を放っています。これは明らかに、最近造られたものです。つまり——サイラス様がこれまで身に着けておられたものとは、まったくの別物ということです」

開いた口が塞がらないとばかりに、惚けた顔でクロノア様はわたしを見つめてきます。

「では、実際に使用された鏃はどこに隠されたのでしょうか？　捨てた——とは考えにくいですね。サイラス様は事件後から今に至るまで王城敷地内から外へは一度も出ていないはず。敷地内に鏃を捨てるのはあまりにもリスクが高すぎます。それはこれまでずっと自分の首からぶら下がっていたものなのです。おそらく城中の人間がその持ち主を知っているることでしょう。事件の重要な物証だからこそ、そんな大事なものをおいそれとその辺に放っておくわけにはいきません。しかし——さりとてやはり首からぶら下げておくにはリスクが高すぎます。完璧主義者のサイラス様はとてもその処理に困られたことでしょう」

「……では、いったいどこに？」

「一番安全な隠し場所——それは誰にも悟られずこっそり身に着けておくことです」

朗々と宣言し、わたしはサイラス様に人差し指を突きつけます。

「答えはその甲冑に包まれた右手の中です！　さあ、サイラス様。無実だとおっしゃるのであれば、今この場で甲冑をお外しください。たったそれだけのことで、身の潔白を証明できることでしょう」

サイラス様は忌々しげにわたしを睨みつけていましたが……何故かそこでふっと笑みを零すと、何も言わずに甲冑を外していきました。

ガシャン、と音を立てて甲冑が床に落ちると同時に、これまで隠されてきた右腕が衆目の下に晒されます。

その右手には、自らの運命を二度も翻弄した鉄錆塗れの鏃が——しっかりと握られていました……。

10

サイラス様は、そのまま兵士に連行されていきました。どこか哀愁漂うその背中には、誰も何も言葉を掛けられませんでした。

……いえ、お一人だけ、おられましたか。

「サイラス……何故だ」裁判の最中、ひたすら感情を排して沈黙を保っていたウォルター陛下が悲痛な面持ちで尋ねられました。「誰よりも忠義に篤かったそなたが、何故……」

サイラス様は立ち止まり、しかし振り返ることなく答えました。

「――陛下。私は陛下のご尊顔を拝することさえ不敬であるほどの過ちを犯しました。死をもって償わせていただきたいと存じます。グレース様も、どうかお元気で――」

そのまま振り返ることなく、サイラス様は去って行かれました。

裁判長の不在というこの裁判の行方は、必然的に裁定官であるクロノア様に託されたことになります。

とても複雑そうな表情でサイラス様をお見送りしてから、クロノア様は言いました。

「――殺人事件のほうは、どうにか無事に解決したようです。しかしまだ、殿下失踪の謎が残っています。あなたはそちらのほうもすでに見当をつけられているのですか？」

「はい」わたしは頷きました。「先ほども申し上げたとおり、オリバー王子の失踪はまったく別の理由により起こったのです」

「では、殿下は今どちらへ……？」

不安げな問い掛けに、わたしは自信を持って答えます。

「オリバー王子は今もこの広間の中にいらっしゃいますよ」

また聴衆はにわかにざわめき始めました。わたしは努めて淡々と続けます。

「推測ではありますが、すべては——オリバー王子のご生誕まで遡ります。先代王宮魔法使い様は、オリバー王子が将来悪い魔女となり国に災いをもたらすことを予言しました。それによりオリバー王子は女性として生を受けながらも、男性として育てられることになりました。王様やお妃様は、男性として育てれば予言も無効化できると考えたのでしょう。でも、信心深い一部の人たちは、きっとそれにも不安を覚えたのだと思います。何故ならそれは、王子様が実は女性であるという事実に何ら変わりないわけですから。将来やはり魔女になり、国に災いをもたらす可能性は否定できないのです。そして、きっと先代王宮魔法使い様も同様の悩みをお持ちだったのだと思います。このままでは予言どおりの悲劇が起こってしまう怖れがある。でも——どうしようもなかったのです」

いつしか広間は静まり返り、わたしの声だけが高く響くようになっていました。

「そんなある日のこと、転機が訪れました。王子様が崖から転落してしまったのです。そしてこれは——おそらく事故ではなかった。王子様の暗殺を企てた者が王宮内に存在したのでしょう。当時噂にもなっていたようですし。信心深い忠臣か、あるいはケヴィン王子のためにサイラス様が仕組んだことかは定かではありませんが……たぶん前者でしょうね。

とにかくこの一件で、王子様は崖から転落し――しかし、かろうじて一命を取り留めたのです。先々代王宮魔法使い様のおかげで」

「……先々代が、何故この一件に絡んでくるのですか？」とクロノア様。

「あくまでも偶然のことなのか、それともオリバー王子暗殺未遂を〈予言〉していたのかは定かではありませんが、とにかく当時すでに隠居されていた先々代が、崖の下で大怪我をしていたオリバー王子を発見し、治療されたのです。そう考えなければこの事件は解決できないので、一旦そういうものなのだとご理解ください」

少々乱暴ではありますが、幸いにして皆さんわたしの語りに集中してくださっているようで、特に疑問の声などは上がらない様子です。

「先々代は、このとき初めて王室の状況を知ったのでしょう。さらには愛弟子の苦悩も。どうにか手を貸してやりたいところですが、先々代は隠居した身。今さら口を出すのもばつが悪く、何よりも愛弟子のモルガナ様に泥を塗ることにも繋がりかねません。さりとて、かろうじて命を取り留めはしたものの、このまま王子様をお城へお返ししたらまた命を狙われるかもしれない――。オリバー王子の未来を案じた先々代は、ここで一計を案じます」

スゥ、と息を吸い、わたしはそれを告げます。

「オリバー王子を自分の弟子にし、正しい魔法使いとして育てることで将来悪い魔女となる可能性をなくしつつ、代わりに、お城へは王子様と同じ容姿を持たせたネズミを返して影武者とすることで、すべての帳尻を合わせるという壮大な計画を！」

クロノア様は双眸を見開いて絶句しました。わたしは満面の笑みを浮かべて続けます。

「先々代様は世界一の魔法使いであり、小動物を人間に変化させることができました。そして変化させられた本人は、自分が魔法によって変えられた存在だとは気づかないそうです。大怪我を負ったオリバー王子が先々代に拾われた、と先ほど仮定したのはこれが先々代にのみ可能な大魔法だからです。それから戻ってきたネズミの王子様は、自身がネズミであるという認識すらなく、お城ですくすくと育っていきました」

「では、あの〈森の魔法使い〉を名乗る人物からの奇妙な手紙は……？」

「手紙を託したのは、本物の王子様が王室に戻られた際、安全に過ごせるような環境を整えるためでしょうね。そして、オリバー王子を正しい魔法使いとして育成しながら、王室へお戻しする機会を窺っていたのだと思います。それからもう一つ。先代のモルガナ様へ秘密裏に計画を伝えるためというのもあったと思います。先々代の一番弟子であったモルガナ様ならば、すぐに先々代の企みに気づいたことでしょう。もしかしたら、モルガナ様にのみ通じる秘密のサインのようなものが書かれていたのかもしれません。だからこそモルガナ様は、嘘を吐いてまで、手紙の警告を遵守させようとしたのです」

先ほどルーナ様は、王子様が戻ってこられたときのモルガナ様の言葉に疑問を呈しておられました。魔法対象者が亡くなっても、あくまでその魔法が解けるだけなのだと。つまり、戻ってきた王子様の警護を厳重にさせたあの発言は、予言肯定派に再び早まった真似をさせないようにするための牽制(けんせい)だったと考えるのが妥当です。そして牽制のために嘘を吐いたということは、モルガナ様はアムリス様の計画を見越しておられたとしか考えられません。

「——ですが、手紙の警告が聞き入れられないこともまた、アムリス様は読んでいたのだと思います。〈予言肯定派〉をすべて排除できたとしても、予言とは一切無関係なオリバー王子の脅威として、サイラス様という重鎮が最後に残ってしまうわけですから。おそらくアムリス様は、今日この日に殺人事件が起こることを〈予言〉により見越していたのでしょう。そしてその〈予言〉が回避不可能であることも——」

考えれば考えるほど、本当に恐ろしいまでにアムリス様は先を見越していたことがわかります。それはさながら、千里眼と呼んでも差し支えないほどに——。

「あえてネズミの王子様を男性化させておいたのは、予言肯定派にまた狙われにくくするため、という理由もあるのでしょうが、もっと大きな理由はそもそも戻ってきた王子様が偽物であると悟らせないためでしょう。これは、先ほどクロノア様がおっしゃっていた推理と同様の理由ですね。ただ本物の王子様とまったく同じネズミさんをお城へ返すのではなく、あえて性別を反転させておくことで、何故そんな魔法が掛けられたのか、という方向へ思考誘導できますから」

このあたりは、先ほどのクロノア様の推理を聞いていなければ思いつかなかったことかもしれません。だから、少なくともわたしにとってクロノア様の追及は、なくてはならない必要なプロセスだったことになります。

「そして無事に十八歳を迎えた今日——王子様が行方不明になってから十年目のこの日、最後の悲劇が訪れました。舞踏会の途中で私室へ戻った王子様は、ご自分のお部屋で謎の遺体を目撃してしまったのです。きっととても驚いたことでしょう。その衝撃が切っ掛けとなり——王子様は心臓マヒを起こしてしまったのです」

「し、心臓マヒ……？　それはどういうことです……？」

「……寿命だったんですよ、ネズミの」わたしは少しだけ目を伏せて続けます。「通常、ネズミの寿命は二年程度と言われています。そしてアムリス様は魔法により最大五倍まで生物の寿命を延ばすことができるそうです。つまり長くて十年——それがこのネズミ王子に与えられた時間だったのです。手紙で十年、と期限が設けられていたのはこのためです。あくまでも想像ですが……もしも何事もなく十年が経過し、ネズミ王子が天寿を全うできたのであれば——本物のオリバー王子を王室へお返しする予定だったのではないでしょうか。サイラス様のお心が変わり、殺人事件発生という未来が変わるかもしれない奇跡に期待して——。しかし、やはりその望みは叶わず、事件は起こってしまった。そしてそれこそが、〈森の魔法使い〉ことアムリス様が予見した国の災いの正体だったのです」

「——なんということだ」

不意に審判席の王様が嘆きの声を上げられました。

もしかしたら——サイラス様のお心に気づけなかったことを悔やんでおられるのかもしれません。その結果、一人の勇敢な兵士の命が奪われてしまったのですから……これを悲劇と呼ばずに何としましょう。

国王陛下の、遅すぎた理解を深く嘆き悲しむような言葉に——胸が締めつけられそうになります。

——でも、どうかお顔をお上げください。

この物語には、一つだけ、救いが残されているのですから——。

「ここ最近、王子様は心臓の具合が悪かったそうですね。おそらく寿命の期限が迫り少しずつ身体に不調が出ていたことの証左だと思います。そして心臓マヒを起こし——ついに魔法が解けてしまった。そのためネズミの本能として薄暗い場所を求め、ベッドの下まで移動して……そこで永遠の眠りに就きました。わたしがベッドの下で発見したネズミの遺体は……それまでずっと我々がオリバー王子だと思っていた方その人だったのです」

重たい沈黙が、広がっていきます。みんなが愛したオリバー王子の死を悼むように——。

「これが、事件の真相です。一つの殺人事件と、一つのすれ違いから生じた不運が重なり——複雑な様相を呈していただけなのです」

そこでわたしも口を噤み、ネズミさんに黙禱を捧げたのちに、最後の仕上げに入ります。

「でも——これで終わりではありません。先々代様は、最後に希望を残されています」

「希望、ですか……？」クロノア様は顔を上げます。

「はい。皆さん、ここまでお話を聞いて……疑問には思いませんでしたか？　先代様は、何故一年まえに突然、隠居されてしまったのでしょうか？　王子様の件が何一つとして片付いていないのに。あと一年ですべて片が付くという中途半端なタイミングで隠居されたのは何故だと思いますか？　そして、それと同時に先々代によって次期王宮魔法使いに推薦された愛弟子の少女——。もう、お気づきなのではありませんか……？」

わたしの言葉に、ざわめきが爆発的に広がっていきます。

それが最高潮に達したところで、わたしは朗々と宣言しました。

「そうです！　現王宮魔法使いのルーナ様こそが、先々代様が守り育てた本物の次期国王、オリバー・イルシオン様だったのです！」

手でルーナ様を示すと、ざわめきは歓声に変わりました。

「ふぇ⁉　あの、その、これはいったい……？」

しかし、当の本人であるルーナ様は当惑しきっています。怯(おび)えきった小動物のような動作がまた愛らしく庇護欲(ひごよく)を誘います。

「ルーナ様は幼少期、怪我をしていたところをアムリス様に拾われて助けられたそうです。奇(く)しくもそれは、崖から転落して行方不明となったオリバー王子と同じ境遇です。そしてネズミを人に変化させる魔法は、世界でアムリス様ただ一人にしか使うことができません。さて、ルーナ様を保護したのもアムリス様、〈森の魔法使い〉を名乗りネズミをオリバー王子に変化させたのもアムリス様――これは偶然の一致にしてはできすぎています。そして極めつけは、ルーナ様の容姿です。目映(まばゆ)いばかりの金髪にエメラルドグリーンの瞳――これはオリバー王子の特徴と一致します。さすがに成長された男性と女性なのでお顔の造形は異なっていますが、どちらもとても整っておられるという共通項はありますし、何よりも今のルーナ様はグレース王妃に生き写しではないですか。ウォルター様、グレース様。ルーナ様のお顔を今一度よくご覧になってください」

すべては状況証拠に過ぎませんが……それでもこれほど整った状況を今さら覆すことは困難でしょう。

そこで突然、審判席のグレース様が椅子を倒して立ち上がりました。さすがに騒いでいた聴衆も口を噤み、その一挙手一投足を見守ります。

「あなたが……まさかオリバーなのですか……？」

ルーナ様に目を向けて尋ねます。しかし、ルーナ様はとても悲しそうに首を振りました。

「……申し訳ありません。事故の後遺症で何も覚えていなくて……」

「では、ホクロはどうです？　胸元に、星形のホクロはありませんか？」

「ホクロですか……？　それならば——はい」

言って、ルーナ様はローブを脱いで衣服の胸元を緩めます。意外と豊満な双丘の上部には——確かに星形のホクロが覗いていました。

それを見たグレース様は、ああ、と呟いて涙を零されました。

「……間違いありません。わたくしにも、同じ場所に同じものがあります。ああ……ではやはり、あなたがオリバーだったのですね……。何という、ことでしょう……！」

グレース様は、審判席から駆け下りてルーナ様を抱き締められました。ルーナ様は最初戸惑ったように両手を虚空に彷徨わせていましたが、やがて母の温(ぬく)もりを思い出したのか、優しくグレース様を抱き返しました。

どこからともなく拍手が起こります。やがてそれは渦のように広がり、王子様の無事の帰還を祝福する歓声へと変わりました。

これにて一件落着、というところでしょうか。何だかすべてアムリス様の手のひらの上で踊っているような気もしますが……。未来を予知できるというあの方は、おそらくこうなることを見越してわたしをこの舞踏会へ送り込んだのだと思います。生まれた瞬間から自由を奪われた、可哀想な王子様を救うために——。

と——そのとき突然、大きな鐘の音が鳴り響きました。

懐中時計で時間を確認します。時刻は——間もなく零時になろうとしていました。

どうやらそろそろ、お暇の時間のようです。

わたしは、被告人席から中央へ進み出て、一礼します。何事かと、また聴衆の皆さまの歓声が止みました。

「——それでは、わたしはこれにて失礼したいと思います。クロノア様、わたしの無実はもう証明されたので帰っても大丈夫ですよね？」

「お……お待ちください！」慌てたようにクロノア様は身を乗り出します。「確かにあなたの無実は証明されました。なればこそ、ご迷惑をお掛けしたことのお詫びに何かおもてなしを——」

「必要ありません。どうかお気遣いなく」

わたしは笑顔で拒絶して歩き出しました。すると人垣を作っていた聴衆が割れて、道ができました。わたしは人の花道をゆっくりと歩いて行きます。

「あ、あの！」

不意に背後から呼び止められました。足を止めて振り返ると、ルーナ様が興奮したように顔を紅潮させて立っていました。

「あなたは……何者なのですか……？　どうしてわたしのためにここまで……？」

それは彼女にしてみたら当然の疑問でしょう。わたしはただ、自分の無実を証明するために必死で屁理屈を捏ねていただけなのですが……。というか、アムリス様とわたしのやり取りを知らない人には、そもそも何故わたしがこんな面倒事に巻き込まれてしまったのかを理解することは困難を極めるはず。

でも――今さらそんなことをわざわざ説明するのは、無粋というものでしょう。

だからわたしは、口元に人差し指を添えて、小首を傾げて柔らかく微笑みかけました。

「それは――秘密です」

わたしはまた歩き出します。

今度は誰もわたしを呼び止めませんでした。

お城を出ると、眩(まぶ)しいくらいに明るい月に迎えられました。

冷然とした光が降り注ぐこの世界は、さながら一夜限りの幻想のようです。

もしかしたら今日の出来事もまた――夢だったのかもしれません。

目が覚めたら、またいつもどおりの日常が戻ってくるでしょう。

きっとそれは、代わり映えのしない当たり前で、穏やかで、それでいて掛け替えのないもののはずです。

でも――それで良いのです。

今日のようなスリリングな夢よりも、わたしには愛すべきトンプソン家の皆さまと過ごす日々のほうが性に合っていますから。

わたしは思わず笑みを零します。

さあ、それでは——素敵で平穏で無類な日常へ帰りましょう。
幻想（イルシオン）に背を向けて、わたしは一際強く地面を蹴り進みました。

エピローグ

「シンデレラ！　シンデレラ！」

今日もトンプソン家にお姉様の甲高い声が響き渡ります。

わたしは洗濯物を干すのに忙しかったので聞こえなかった振りをします。

今日もまた空は、雲一つない快晴です。近頃はいよいよ気温も上がり、夏の本番を予感させます。この陽気だと午前中にはもう洗濯物が乾いてしまいそうです。

鼻歌交じりに作業を続けていると——。

「ちょっとシンデレラ！　あんたいい加減、私の呼び掛けなら無視しても良い、みたいな風潮改めなさいよ！」

朝からお元気なライラお姉様の登場です。わたしは満面の笑みで振り返って応じます。

「おはようございます、お姉様。今日も御髪（おぐし）のセットが最高に決まっていますね」

「これは寝癖だわ！　朝から最高にクールな煽（あお）りをありがとう！」

「寝癖があってもお姉様の美しさは損なわれませんよ」

そう答えるとお姉様は、うっ、と顔を赤らめて言葉を呑（の）みます。

「あ、あんたにそんなこと言われても全然嬉（うれ）しくなんかないんだからね！」

「……チョロ」

「『チョロ』⁉　あんたやっぱり私のこと馬鹿にしてるのね！」

「それよりお姉様、何かわたしにご用があったのではないのですか？」

「あ、そうだったわ！　あんた早く朝食の準備をなさいよ！　ジョハンナお姉様がまた大暴れよ！」

「おお、今日もですか。いよいよ堂に入ってきた感じですね」

「いや、姉が空腹で暴れることを伝統芸能みたいに言わないでよ！」

涙声になっているところを見ると、結構本気で困っているご様子です。もう少しライラお姉様で遊びたかったですが、可哀想（かわいそう）なのでこのあたりで止（や）めておきます。

わたしは洗濯物を中断して、キッチンへ向かいました。その途中でキャサリンお母様と鉢合わせしました。

「お母様、おはようございます」

「今日も騒がしいですね」お母様は頭痛を堪（こら）えるようにこめかみに指を当てながら呟（つぶや）きます。「それよりシンデレラ。今日は午後に来客の予定があるので、いつもよりお掃除は丁寧になさい」

「わかりました、明日やりますね」

「……是非今日なさい」

「冗談ですよ。ちゃんと朝食が終わったらやります。しかし、没落して見向きもされないこのトンプソン家に来客とは珍しいですね」

「あなたはもう少し歯に衣着せてものを言いなさい」何故かお母様の額には青筋が浮かんでいました。「とにかく大事なお客様です。絶対に粗相のないように」

「前向きに善処します」

だからあなた、その不安になる返事は止めなさい——というお母様のお小言を無視してキッチンへ向かいます。

キッチンではジョハンナお姉様が、さながらどこかの民族の戦意高揚の舞が如く、地団駄を踏んでおられました。

「お姉様。父と子と精霊の御名によって、アーメン」

「誰が暴食の大罪よ！」

「だからそこまでは言ってませんって」

ジョハンナお姉様、ただの食欲魔人かと思いきや、意外と学があります。

どうにかお姉様を宥めてから、わたしは今日も食事の用意に取り掛かるのでした——。

——あの幻想的な舞踏会の夜から、一ヶ月が経過しました。

わたしの日常は何一つとして変化がありませんでしたが、風の噂で王室が、オリバー王子が女性であったことを公表されたというお話を聞いたので、やはり夢ではなかったのかな、程度の感慨を抱くくらいです。

オリバー王子には幸せになってもらいたいと思いますが……しかし、この先のことはわたしには与り知らぬこと。

ただ一人の国民として、愛らしい新たな次期国王の今後の幸せを祈るばかりです。

ちょうど午後零時を少し過ぎたところで、予定どおり来客がありました。お母様が大事なお客様とおっしゃっていたのできっと貴族の方でしょう。わたしは邪魔をしないように、おうちの裏手で薪割(まきわ)りに勤(いそ)しむことにします。

お昼にもなると、肌がちりちりするほどに日差しが強まり、斧(おの)を振るう毎(ごと)に汗が流れますが、それがとても心地良く、わたしは上機嫌に薪を割っていきます。

パカン、パカン、と小気味の良い音が辺りに木霊(こだま)し、まるで世界がわたし一人だけになってしまったような錯覚を抱いたところで――。

「シンデレラ！　シンデレラ！」

聞き馴染(なじ)んだライラお姉様の声で、わたしはふと我に返りました。大切な来客の最中(さなか)、あまり大声で騒がないほうが良いのではないかと思い、わたしは珍しくいの一番にお姉様の元へ馳(は)せ参じます。

ライラお姉様は、頬を紅潮させ、息も荒くしていました。よほど急ぎの用だったのでしょうか。

「あ、あんた何、暢気(のんき)に薪割りなんかしてるのよ！」

「お姉様も一緒にやりますか？　気持ちよく汗を流せますよ」

「あ、あんたと一緒ならまあ……って、今はそれどころじゃないのよ！　早くこっち来なさい！」

ライラお姉様はわたしの手を引いて歩き出します。わたしはハンカチで顔を拭いながらついていきます。何でしょうか。お部屋に変な害虫でも出たのでしょうか。

訝しく思いながら、連れられるままにリビングへ足を踏み入れると――。

「――ようやく会えましたね、エラ。――いえ、シンデレラ」

「クロノア様……！　どうして……！」

なんとリビングには、王国が誇る最高の裁定官たるクロノア様がいらしていました。

しかもそれだけではありません。蜂蜜色の髪を柔らかく結った極上の美少女――ルーナ様もといオリバー王子と、その教育係であるグレアム大臣までいらっしゃいます。

クロノア様はしたり顔で答えました。

「あなたの居場所を突き止めるのは、簡単でした。裁判の際、宣誓者を務めたライラさんは頑なにその正体を語りませんでしたが……ライラさんの知り合いであることは間違いないのですから、彼女の周囲を徹底的に洗ったらすぐにわかりました。トンプソン家の戸籍を調べると、数年まえに再婚をされて一人お子さんが増えていましたね。まあ、その戸籍には記載ミスがあったようですが……いずれにせよ些末事です。こちらへ足を運ぶまでに時間が掛かってしまったのは、事件の後処理に手間取ったからです。せっかくですから、すべてを終えてからご挨拶に来たほうが良いと思ったもので」

……なるほど。わたしの正体など早々にお見通しの上、気まぐれに見逃されていただけということですか。わたしは覚悟を決めて尋ねます。

「……やはり、偽証罪と法廷侮辱罪でわたしを捕まえに来たのでしょうか？」

「とんでもない！」慌てたようにクロノア様は手を振ります。「確かにあなたの行為は、本来であれば罪に問われるものばかりです。ですがそれは――すべてアムリス様に仕組まれたことだったのでしょう？　実はあのあと、お城にアムリス様が戻られてすべてを告白されました。すべての罪は自分が背負うので、どうかあの被告人のことは許してほしいと、陛下に頭を下げられたのです」

あの怪しい魔法老人、いつの間にそんなことを……。しかし、わたしが罪に問われないのでしたら万々歳です。

「王様はアムリス様のすべての罪を許し、再び王宮魔法使いとして登用されることを決めました。そして、偉大なるアムリス様によって育てられたオリバー殿下であれば、決して悪い魔女とはなり得ないと、殿下の帰還に不安を覚えていた重鎮たちも納得してくださったので、それも合わせて殿下出生の秘密を世間に公表することができたわけです。何より、万が一オリバー殿下が非行に走ったとしても、最強の魔法使いであるアムリス様自身が最大の抑止力になりますから」

そういえば、ルーナ様が王室へ戻られたのなら必然的に王宮魔法使いの座は空席になってしまいます。なるほど、その後釜に納まることで事態の収拾を諮ったわけですか。

しかし、結局アムリス様はいったいどこまで見越しておられたのでしょうか。わたしを事件に関与させたのも、いくつもの偶然が重なってわたしが事件を解決する未来を予言したからなのでしょうか。

詳しく聞いてみたいところではありましたが、すべてを見越しておられたとしたら、何だか運命には逆らえないというか、人生の意味を喪失してしまいそうで怖いので、結局そのあたりの事情は、うやむやにするのが賢いやり方なのかもしれません。

勝手に納得していると、オリバー王子が立ち上がり、一歩わたしに歩み寄ります。

「あの、本当にありがとうございました……！　あなたのおかげで、私はオリバーに戻ることができました」

「王子様だったときのことを思い出されたのですか？」

「いえ、残念ながら朧気にしか……。でも、王様やお妃様――お父様やお母様、それにグレアムさんが優しく色々なことを教えてくださるので、最近は少しずつですが思い出してきています」

「そうですか、それは何よりです」

わたしは微笑んで応じます。オリバー王子からは、あの夜の不安げな様子はもう見受けられません。きっとこの一ヶ月で王族として生きる覚悟と決意を固めたのでしょう。生来の芯の強さだけでなく、優しさや美しさも併せ持った、きっと素敵な王子様になるはずです。これからますます目が離せなくなりそうです。

「しかし、ケヴィン王子とは上手くやれているのですか？　あの方は、遊び人というか女性好きなご様子なので、オリバー王子ほどお綺麗な女性は絶対に放っておかないと思うのですが」

「ええ、正直言うと最初は少し怖かったです」オリバー王子は屈託なく笑います。「でも、少しお話をして、すぐにわかりました。あの方は、本当は臆病で優しい、普通の男の子なのだと」

「そう……なのですか?」

どうにも頭の中のイメージと一致しません。

「あの方は、粗暴なキャラクタを演じているだけなのです。オリバー王子——いえ、これは私ではなく、ネズミさんのことですが、彼のことを本当に心から慕っていて、彼を次期国王にするために、万に一つもご自身が次期国王候補とならないよう、粗暴な不適格者を演じていたのですよ」

「ではまさか、一度目のお召し替えのとき、ケヴィン王子が様子を見に来たのは……?」

「ええ。純粋に、本当に心からオリバー王子のお身体を心配して様子を見に行かれたのでしょう。もちろん、ご本人は否定なさるでしょうけれども」

クスクスと、王子様は楽しそうに笑います。オリバー王子からしてみれば、可愛い弟ができたような感じなのでしょうか。彼女の言葉が、希望的観測に基づく幻想なのか、あるいはただの事実なのかは、判断に迷うところですが、いずれにせよ頭の片隅にずっと引っ掛かっていた疑問が解決されたので、あまり余計なことは考えないことにします。

「シンデレラ殿ォ!」

続いて暑苦しく縋(すが)りついてくるのはおひげのおじ様。ご存じグレアム大臣です。大臣は目に涙さえ湛(たた)えながら、うるさく叫びます。

「貴殿のおかげで私はこうしてまたオリバー殿下と共に過ごすことができるようになったのだ! 感謝してもし足りないほどだ! 貴殿が望むことであれば、このグレアム、あらゆることを叶えて進ぜよう！」

「……では今すぐに離れてください」

にべもなく言い捨て、グレアム様の拘束を振り払います。暑苦しいおひげのおじ様に泣きつかれて喜ぶ趣味はないのです。反動で床に倒れ伏すグレアム様でしたが、すぐに立ち上がると今度は大げさなほど眉尻を下げて続けます。

「しかし……殿下を一度失ったこの悲しみが消えることはないだろう。仮にそれが魔法で作られた幻想だったのだとしても、あの殿下と過ごしたこの十年の思い出は、私にとって掛け替えのない現実なのだから……」

どうやらグレアム大臣は、これまでオリバー殿下だと思われていたネズミさんの死をも強く悼んでいるようです。

「実はあのネズミ殿下の遺体だが、陛下の計らいで王族の墓所へ丁寧に埋葬されたよ」

「それは……良かったです」

胸のつかえが取れたように、わたしはため息を零しました。

あのネズミさんは――人間たちのエゴに振り回されたあまりにも不憫な存在です。たとえ本人にその自覚はなかったとしても……死後、安らかな眠りに就けるよう祈るのは、きっと関係者全員の願いなのだと思います。

「そういえば、ローリー様はあの後どうなったのです？」

「……彼奴めは、シンデレラ殿が立ち去った後、拘束しようと取り囲んだのだが、兵士たちを次々と薙ぎ払ってそのまま姿を消してしまったよ」グレアム様は忌々しげに顔をしかめます。「まあ、実際のところ彼奴に何か実害をもたらされたわけではないので、構わないと言えば構わないのだが……個人的には捕まえて余罪を調べてやりたいところだった」

暗殺者ですからね……。放っておくのも怖いですが、ただ今回に限って言うのであれば、彼女のうっかりのおかげで事件が解決したようなものですし……少々複雑な気持ちです。

でも、逃げられてしまったものは仕方がありません。わたしにできることは、もう二度と巡り会わないことを祈るくらいです。

「……では、サイラス様は、どうなるのでしょうか？」

「サイラスは……服役しているよ。オリバー殿下のお口添えのおかげで、何とか極刑だけは免れたが……殿下暗殺はたとえ未遂であったとしても許されざる行いであるため、きっと死ぬまで牢獄から出ることは叶わないだろう」

「そう、ですか……」

自分の身を守るためとはいえ、わたしの行動のせいで一人の人生が決まってしまったのですから、あまり気分の良いものではありません。まあ、サイラス様がグレアム様の部下を無慈悲にも殺害したのは紛れもない事実なので、彼が刑罰を受けることそれ自体は同情の余地もないのですが。

「……しかし、一つだけどうしてもわからないのだ」グレアム様は独り言のように続けます。「いったい何故、サイラスはあのような凶行に走ったのだろうか。殿下暗殺などという不届きな思いを抱くようなやつではなかったはずなのに……」

何十年もともに過ごしたグレアム様だからこそ、真相が信じられないのかもしれません。

「……ひとえに、ケヴィン王子への愛が深すぎたゆえの悲劇としか言いようがありません」わたしは曖昧に答えます。「いつも隠れて煙草を吸っていたことだって、絶対に使用人や兵士の方の報告で知っていたはずなのに、強くそれを禁じていた様子が見受けられなかったのも、可愛すぎてあまり厳しくできなかったからなのではないでしょうか。よく聞きますよね、頑固で気難しい人が、孫にだけは甘いみたいな話を」

「そういう……ものなのだろうか」

グレアム様は納得いっていないながらも渋々受け入れられた様子でした。

深く追求されなくて、わたしは胸をなで下ろします。

サイラス様の愛が深すぎた本当の理由。

わたしはサイラス様の最後の言葉を思い出します。死をもって償うほどの不敬——。

これは完全な妄想なのですが——ケヴィン王子は、サイラス様の実子だったのではないでしょうか。

サイラス様が何の見返りもなく、自らケヴィン王子の教育係に名乗り出たのは……きっと決して本当の父親は自分であると名乗り出ることの許されない自分の子どもに、少しでも父親らしいところを見せたかったからなのではないかと、そう思ってしまったのです。

だからこそ、愛すべき自分の息子を差し置いて、オリバー王子が王座に着くことを誰よりも拒絶した——。

もちろん、そんな妄想は口に出しただけで不敬罪になってしまうので、誰にも告げるつもりはありません。何より、世の中には明るみに出さないほうがみんなが幸せになれる真実というものがたくさんあるのです。

しばし重苦しい空気に包まれますが、空気も読まずにライラお姉様が割って入ります。

「……それであの、結局皆さまはどういったご用件で当家までいらしたのでしょうか？」

「ああ、そうでした。肝心のことを忘れるところでした」気を取り直したようにクロノア様があえて明るく声を張ります。「実は、ウォルター陛下が先の一件で、シンデレラさんに是非ともお礼がしたいとおっしゃいまして、希望を伺ってくるようにとのご用命で参上した次第です」

「お礼……ですか？」わたしは眉を顰めます。「いえ、どうかお気遣いなく。わたしは決してそのようなつもりで、事件を解決したわけではありませんので……」

わたしはただ、死に物狂いで自分の無実を証明しようとしただけであり、その結果たくさんの人に迷惑を掛けてしまいました。とても——国王陛下からお礼を下賜されるような行いではありません。

固辞しますが、クロノア様は取り合ってくださいません。

「いえ、そういうわけにもいかないのです。あなたは言うなれば、この国の未来を救った英雄です。そのようなお方に、褒美の一つも授けないようでは王室の沽券に関わります。どうか陛下のためにも、遠慮なく希望をお申しつけください」

そんなこと急に言われましても……。

困りながらも必死に考えて、わたしはある一つの望みに思い至りました。

「——では、僭越ながら申し上げます」

「拝聴いたします」

クロノア様は背筋を伸ばしました。わたしは真っ直ぐにその目を見つめて告げます。

「我がトンプソン家の再興に、お力添えをいただけないでしょうか」

その言葉に、状況がよくわからないまま同席されていたお母様が、色めき立ちます。

「シンデレラ、あなた——！」

「お母様、ついに宿願を果たすときが参りましたね」わたしはお母様に微笑みかけてから、再びクロノア様に向き直ります。「キャサリンお母様がお一人で懸命に守ってこられたこのトンプソン家の再興こそが、わたしの望みです。非道の手により奪われた領地と領民を、どうかお母様にお返しください」

深々と頭を下げます。

「わかりました、承りましょう」

クロノア様は、苦笑していました。

「すぐに城へ戻り、陛下にお伝えいたします。必ずや、御家の再興が果たせるよう、私も微力ながら協力いたしましょう」

「ありがとうございます……！」

キャサリンお母様は涙を零しながらクロノア様に頭を下げました。側に控えていたジョハンナお姉様やライラお姉様も感極まったように涙ぐんでいます。

ようやくこれでわたしも恩返しができたのでしょうか。

もしそうならば——嬉しく思います。

きっと天国のお父様も、キャサリンお母様の幸福を願っているでしょうから――。

それからすぐにクロノア様たちはお城へ引き返すことになりました。本当は、もっとおもてなしがしたかったのですが、ご多忙なお三方をこれ以上お引き留めするわけにも参りません。

お見送りのために、家の外へ出たところで、クロノア様は不意に何かを思い出したかのように振り返りました。スマートなクロノア様にしてはどこかぎこちない仕草にわたしは眉を顰めます。

「その……シンデレラさん。最後に一つだけよろしいでしょうか?」

改まって何でしょうか。少し緊張して言葉を待つわたしに、クロノア様は何故かわたしよりも緊張した様子で言いました。

「裁判のときのことを、まだ謝罪していなかったと思いまして……」

「ああ、そのことならお気になさらず」わたしは緊張を解いて苦笑しました。「クロノア様はお仕事を全うしていただけですから。わたしは全然気にしていませんよ」

「いえ、そういうわけには参りません……!」クロノア様は、どこか必死な目をして続けます。「私はあのとき……真実を追い求めるという本来の目的を見失い、内から湧き起こる黒い感情に身を委ねてしまいました。裁定官として、あるまじきことです」

「クロノア様も人間ですから仕方ありませんよ」わたしは正直に答えます。「わたしだって、もしトンプソン家の皆さんの身に何かあったら、きっと犯罪者を殺したいほど憎むでしょうから。それに、クロノア様はわたしが何も言わなくても自然に、正しい心を取り戻しました。あなたはもう、内なる感情に打ち克ったのです。ですからどうか——ご自身を誇ってください」

「それでも私が……あなたを傷つけたことに変わりはありません。ですから——」

そこで一度言葉を切り、クロノア様はその場に跪きました。

「もしあなたさえ良ければ——生涯を賭して、私に罪滅ぼしの機会を与えてはいただけないでしょうか」

「……は？」

突然何を言い出すのでしょうか。目が点になるわたしに、クロノア様は至極真面目な表情で続けます。

「裁判での、あらゆる苦境に屈せず、真実を追求しようとするその姿に——私は心を奪われてしまいました。もしもよろしければ、私と婚姻を結んではいただけないでしょうか」

「………は？」

プロポーズ、ということでしょうか。

わたしは困り果てて周囲に目を向けます。オリバー王子は赤面して照れたように、グレアム大臣は興味深そうに好奇の目をこちらに向けています。

反対に——トンプソン家の面々は何やら渋い顔をしています。

理由は……まあ、そうでしょうね。

「……クロノア様。どうかお顔をお上げください」

さすがにここまで来て黙っているわけにもいかず、わたしは逡巡しながら続けます。

「お気持ちは大変嬉しく思うのですが……申し訳ありません」

「そう、ですよね」クロノア様は引きつった笑みを浮かべます。「こちらこそ急にこのようなことを申し上げて大変失礼いたしました。どうかお忘れください」

「いえ、そうではなくてですね……その、誤解させてしまったことを謝罪したくて……」

「謝罪、ですか？」クロノア様は首を傾げます。「私が何か誤解しましたか？」

心底不思議そうな顔をするクロノア様に酷い罪悪感を覚えながら、ハッキリとわたしはそれを告げました。


「実はその――わ、わたし、男なのです」


一瞬だけ時間が止まったかのような圧倒的な沈黙が満ち、次いでクロノア様の口が徐々に開かれていきます。

「なに、を、言って……？」

「……本当に申し訳ありません。わたしはその、女装をしているだけで、身も心もただの男性なのです……！」

一息に言い切り、わたしは頭を下げました。

お父様によると、わたしは亡くなってしまった本当のお母様にとてもよく似ていたそうです。でも、お母様が亡くなってしまい、それによってお父様がとても落ち込んでしまったので――わたしはお父様を少しでも元気づけるために、女装を始めたのです。

　そうしていつしかそれは、わたしのアイデンティティの一部になり、お父様が亡くなったあともこうして日常的に女装をして過ごしているのでした。

　女性として生を受けながら男性として育てられたオリバー王子と、男性でありながら女装をするわたし。両者は、似て非なるものですが、境遇としては近いものがあります。だから、わたしが事件を解決する役に選ばれたのも――ある種、必然だったのかもしれません。

「でも、クロノア様のご提案を受けられないのは、それだけが理由ではないのです」

　言って、わたしは傍らのライラお姉様の手を握りました。ライラお姉様は急なことに慌てた様子で赤面します。

「ちょ、ちょっとシンデレラ！　急に何を――」

「わたしにはもう――心に決めた方がいるのです。この方とともに幸せになると、そう決めているので。ですから……クロノア様のお気持ちには応えられないのです」

　突然のプロポーズに顔を真っ赤にしながら口をぱくぱくさせるライラお姉様。さながら酸素不足に喘ぐお魚のようで愛らしいです。

　クロノア様は唖然とした表情でわたしを見据えていましたが、やがて納得したのかようやく晴れやかな笑みを零しました。

「――なるほど。初めから私には、勝ち目がなかったということですね」

「……その、誤解をさせてしまって本当に申し訳ありません。お気持ちは、本当に嬉しいので……」

「いえ、お気になさらず。私も気持ちが晴れましたし」

大きく一度伸びをして、クロノア様は夏の大気を全身に取り込みました。

「今日は良いお天気ですね。それではシンデレラさん――いえ、トンプソン家の皆さま、お騒がせいたしました。どうか、末永くお幸せに――」

穏やかに微笑んでそう告げると――クロノア様は振り返ることなく馬車に乗り込んで行きました。オリバー王子とグレアム様もそれに続きます。

やがて一行を乗せた馬車が動き出し、森の彼方へ姿を消したところで。

「ね、ねえシンデレラ。さっきのことだけど」

ライラお姉様は、あまりにも落ち着かない様子で瞳を彷徨わせながら、トマトのように顔を赤くして言いました。

「あ、あ、あれはやっぱりその、プププププロポーズということで良いのかしら……？　わ、私もその、あんたのこと、ずっと素敵だと思って――」

どう答えるのが正しいのか。

一瞬だけ考えて、わたしは笑顔で答えます。

「プロポーズ？　何を言っているのです？　あれはクロノア様のプロポーズを断るための口実ですけど」

「なあ――ッ⁉」

ライラお姉様は目を白黒させて絶句しました。

ああ、本当に愛おしい――。

わたしはもう少しだけ、今の幸せな関係を満喫しようと。

そう、強く思ったのでした。


それから間もなくして、トンプソン家は少しずつかつての栄華を取り戻していきました。領地には人が戻り、閑散としていた土地には活気が戻りつつあります。完全に元どおりになるにはまだしばらく時間が掛かりそうですが……それでもお母様は、悲願の達成に一歩前進して満足そうでした。

またジョハンナお姉様は、意外な商才を発揮し、主に食料品関係を商材としたビジネスを成功させトンプソン家再興に一役買っています。

わたしとライラお姉様は――お祝いとして領地に一軒、小さな家をもらい、そこに二人で暮らし始めました。いったい何のお祝いなのか。そして何故、二人でおうちを出たのかは――ご想像にお任せします。

とにかく――。

いつまでも、わたしたちは幸せに暮らしました。

めでたしめでたし、というやつです。


――ちなみに、これはまったくの余談なのですが。

王様がわたしのことをいたく気に入ってしまったそうで、名前を募集していたお城に、わたしの許可なくわたしの名前を冠してしまったとかなんとか。
そのためいつの間にか、お城はこう呼ばれるようになっていたそうです。
——シンデレラ城、と。

本書は小学館での刊行に際し　書き下ろされた作品です。

紺野天龍（こんの・てんりゅう）

第23回電撃小説大賞に応募した「ウィアドの戦術師」を改題した『ゼロの戦術師』で2018年にデビュー。他の著作に『錬金術師の密室』『錬金術師の消失』などがある。

編集　荒田英之

シンデレラ城の殺人

二〇二一年八月四日　初版第一刷発行

著者　紺野天龍

発行者　飯田昌宏

発行所　株式会社小学館
〒一〇一-八〇〇一　東京都千代田区一ツ橋二-三-一
編集〇三-三二三〇-五九五九　販売〇三-五二八一-三五五五

DTP　株式会社昭和ブライト

印刷所　凸版印刷株式会社

製本所　株式会社若林製本工場

ISBN 978-4-09-386618-7